CARLO LUCARELLI

Der grüne Leguan

Buch

»Almost Blue« ist der Lieblingssong des 25-jährigen Simone, weil Chet Baker ihn mit geschlossenen Augen singt. Simone Martini ist von Geburt an blind. Mit seinen elektronischen Geräten geht er auf die Jagd nach Tönen und Stimmen der Stadt Bologna und lotet die Stille aus. Jeder Klang hat für ihn eine Farbe: »Ein bildschönes Mädchen hätte blaues Haar.« Mit seinem Frequenzscanner nimmt er die Welt aus der sicheren Distanz seines Zimmers wahr. Bis er eines Tages unverhofft zur Schlüsselfigur in einer Mordserie wird, als er die Stimme des »Grünen Leguans« erfasst. Der Leguan, so glaubt die Polizei zu wissen, ist ein schizophrener Psychopath, der seit Monaten Bologna in Atem hält.
Die Polizistin Grazia Negro, berühmt für ihren Instinkt, wird aus Süditalien nach Bologna geschickt und will den Fall mit weiblicher Intuition aufklären. Entgegen der Überzeugung ihrer männlichen Kollegen glaubt sie, dass der Leguan sich im wahrsten Sinne des Wortes häutet und die Identität seiner Opfer annimmt. So ist er der Polizei immer einen Schritt voraus. Grazias einzige Hoffnung ist Simone, nur er kann den Täter identifizieren – anhand seiner »grünen« Stimme, die kalt, gepresst und verstellt ist. Doch statt Simone aus der Abgeschiedenheit seiner Welt der Klänge herauszulösen, taucht sie immer tiefer in diesen »summenden Bienenkorb« ein und verliebt sich in ihn. Gemeinsam nähern sie sich dem Leguan an – bis Grazia eines Tages hinter sich das hässliche grüne Lachen hören kann...

Autor

Carlo Lucarelli, geboren 1960 in Parma, lebt in Mordano bei Bologna. Er ist Mitbegründer des literarischen Zirkels Gruppo 13, gibt eine Internetzeitschrift heraus, singt in einer Post-Punk-Band, schreibt neben Romanen auch Scripts für Comics und Videoclips und unterrichtet an der von Alesandro Baricco gegründeten Schule für kreatives Schreiben in Turin.

Carlo Lucarelli
Der grüne Leguan

Roman

Aus dem Italienischen
von Peter Klöss

Die Originalausgabe erschien 1997
unter dem Titel »Almost Blue«
bei Enaudi, Turin.

Umwelthinweis:
Alle bedruckten Materialien dieses Taschenbuches
sind chlorfrei und umweltschonend.

Manhattan Bücher erscheinen im Goldmann Verlag,
einem Unternehmen der Verlagsgruppe Bertelsmann GmbH.

Taschenbuchausgabe April 2001
Copyright © der Originalausgabe 1997
by Giulio Enaudi editore s.p.a., Torino
Copyright © der deutschsprachigen Ausgabe 1999
bei DuMont Buchverlag, Köln
Die Nutzung des Labels Manhattan
erfolgt mit freundlicher Genehmigung
des Hans-im-Glück-Verlags, München
Umschlaggestaltung: Design Team München
Umschlagfoto: Wolf Huber
Satz: Uhl + Massopust, Aalen
Druck: Elsnerdruck, Berlin
Verlagsnummer: 54150
JE · Herstellung: Katharina Storz / Str
Made in Germany
ISBN 3-442-54150-6
www.goldmann-verlag.de

1 3 5 7 9 10 8 6 4 2

Als der erste Carabiniere das Zimmer betrat, rutschte er in einer Blutlache aus und fiel auf die Knie. Der Zweite blieb auf der Schwelle stehen wie vor einem Abgrund und ruderte mit den Armen, um das Gleichgewicht zu halten.

»Heilige Mutter Gottes!«, rief er aus und schlug die Hände vors Gesicht, dann machte er kehrt und rannte auf den Treppenabsatz zurück, die Treppe hinunter und durch die Tür hinaus in den Innenhof, wo er sich an der Motorhaube des weiß-schwarzen Punto fest hielt, nach vorn beugte und in heftigen Schüben übergab.

Brigadiere Carrone kniete in der Mitte des Zimmers, seine Lederhandschuhe klebten am Fußboden. Als er sich umblickte, musste er würgen, ein heiserer Laut, fast ein Rülpsen. Er wollte aufstehen, rutschte aber mit den Absätzen aus und fiel mit einem schmatzenden Geräusch erst auf den Hintern und dann auf die Seite. Er versuchte, sich mit der Hand aufzustützen, aber sein Arm glitt seitwärts weg und hinterließ einen hellen Streifen auf den roten Fliesen. Der Brigadiere schlug auf den Rücken, er schaffte es einfach nicht aufzustehen, ein Albtraum.

Da kniff er die Augen zu, und während er auf dem Rücken lag, verzweifelt nach Luft schnappte und hilflos mit Armen und Beinen strampelte wie ein schwarzer Kakerlak, außer klebrigem Gepolter und dickflüssigen Spritzern aber nichts zu Wege brachte, riss er den Mund auf und begann zu schreien.

*Beinah traurig, beinah tun wir,
was wir früher taten.*

1. TEIL Almost blue

*Almost blue almost doing things
we used to do.*

Elvis Costello, *Almost Blue*

Mit einem kurzen Seufzen, das nach Staub riecht, fällt die Schallplatte auf den Teller. Der Tonarm löst sich leise knackend aus der Halterung, es klingt wie ein Schnalzen mit der Zunge, aber trocken, nicht feucht. Eine Zunge aus Plastik. Leise rauschend fährt die Nadel durch die Rille, ein-, zweimal knistert es. Dann setzt das Klavier ein, tröpfelnd wie aus einem undichten Wasserhahn, der Kontrabass, wie eine Schmeißfliege, die gegen ein Fenster brummt, und schließlich die verschleierte Stimme von Chet Baker mit *Almost Blue*.

Wenn man genau Acht gibt, sehr genau, kann man sogar hören, wie er Luft holt und die Lippen beim ersten A von *Almost* öffnet, ein A, das so geschlossen und moduliert ist, dass es wie ein gedehntes O klingt. *Al-most-blue...* dazwischen zwei Pausen, zwei verhaltene Atemzüge, an denen man merkt, an denen man hört, dass seine Augen geschlossen sind.

Deshalb mag ich *Almost blue*. Weil es ein Lied ist, das mit geschlossenen Augen gesungen wird.

Meine Augen sind immer geschlossen, auch wenn ich nicht singe. Ich bin von Geburt an blind. Licht, Farben und Bewegungen habe ich nie gesehen.

Ich lausche.

Ich lote die Stille aus, die mich umgibt, wie ein Scanner, ein elektronisches Gerät, das auf der Jagd nach Tönen und Stimmen den Äther durchforstet und sich automatisch auf die belegten Frequenzen einstellt. Im Bedienen von Scannern bin ich Experte, seit fünfundzwanzig Jahren, seit meiner Geburt, habe ich einen im Kopf und einen in meinem Zimmer, neben dem Plattenspieler. Wenn ich Freunde hätte, wenn ich welche hätte, würden sie mich garantiert Scanner nennen. Das würde mir gefallen.

Aber ich habe keine Freunde. Meine Schuld. Ich verstehe sie nämlich nicht. Sie sprechen über Dinge, mit denen ich nichts anfangen kann. Sie sagen *leuchtend, trübe, hell, unsichtbar*. Wie in dem Märchen, das sie mir als Kind erzählten, damit ich einschlief; die Prinzessin darin war so schön und ihre Haut so dünn, dass sie *durchsichtig* schien. Es dauerte eine Ewigkeit und viele Nächte, in denen ich wach lag und grübelte, bis ich herausfand, was durchsichtig bedeutet, nämlich dass man hineinschauen kann.

Für mich hieß das, dass die Finger hindurchdringen.

Auch Farben haben für mich eine andere Bedeutung. Wie alle Dinge haben auch Farben eine Stimme, einen Klang. Ein Geräusch, das sie unterscheidet und das ich wieder erkennen kann. Und verstehen. Azur, zum Beispiel, mit diesem Z in der Mitte, ist die Farbe von Zucker, Zebras und Zikaden. Wälder, Wege und Wölfe sind violett, und Gelb ist durchdringend wie ein greller Schrei. Schwarz kann ich mir zwar beim besten Willen nicht vorstellen, doch ich weiß, dass es die Farbe des Schlafes ist, des Schattens, der Leere. Aber der Gleichklang ist nicht alles. Manche Farben bedeuten mir etwas wegen der Vorstellung, die damit verbunden ist. Wegen des *Geräuschs* der Vorstellung, die damit verbunden ist. Grün zum Beispiel mit diesem reibenden R, das mittendrin kratzt und reizt und die Haut abschürft, ist etwas Brennendes wie die Sonne. Dagegen sind alle Farben, die mit B anfangen, bildschön. Wie blass oder blond. Oder blau, blau ist wunderschön. Deshalb müsste zum Beispiel ein schönes Mädchen, wenn es wirklich schön sein soll, blasse Haut und blondes Haar haben.

Ein bildschönes Mädchen aber hätte blaues Haar.

Manche Farben haben auch eine Form. Ist eine Sache rund und groß, dann ist sie mit Sicherheit rot. Formen interessieren mich aber nicht besonders. Ich kenne sie nicht. Um etwas darüber zu erfahren, muss man sie anfassen, und Anfassen mag ich nicht, ich mag keine Leute anfassen. Außerdem kann ich mit den Fingern nur die Dinge ertasten, die in meiner Reichweite sind, während ich mit den Ohren, mit dem, was ich im Kopf habe, in die Ferne schweifen kann. Geräusche sind mir lieber.

Deshalb benutze ich den Scanner. Jeden Abend gehe ich in mein Zimmer hinauf und lege eine Platte von Chet Baker auf. Es ist immer dieselbe, ich mag den Klang seiner Trompete, die kleinen, tiefen Ps, die mich umschwirren, und ich mag seine Stimme, die leise singt, als käme sie nur mühsam ganz unten aus der Kehle hervor, als wäre dazu so viel Kraft nötig, dass man die Augen schließen muss. Besonders bei diesem einen Stück, *Almost Blue*, das ich immer als Erstes auflege, obwohl es auf der Platte das Letzte ist. Und so warte ich jeden Abend und jede Nacht, dass *Almost Blue* langsam in meine Ohren hineinkriecht, dass Trompete, Kontrabass, Klavier und Stimme eins werden und die Leere füllen, die in meinem Kopf herrscht.

Dann schalte ich den Scanner ein und lausche auf die Stimmen der Stadt.

Bologna habe ich nie gesehen. Trotzdem kenne ich es gut, obwohl die Stadt, die ich kenne, wahrscheinlich meine ganz eigene ist. Es ist eine große Stadt, mindestens drei Stunden groß.

Das hörte ich eines Tages, als ich den CB-Funk eines Lasters einfing und ihm so lange folgte, wie er im Empfangsbereich meines Scanners blieb. Die ganze Zeit, von dem Zeitpunkt an, als er auftauchte, bis ich ihn plötzlich verschwinden hörte, unterhielt sich der Fahrer mit irgendjemandem, er fuhr und redete, fuhr und redete, von einem Ende meiner Stadt zum anderen.

»Hier Rambo, hier Rambo... kann mich jemand hören? Ich bin gerade an der Mautstelle Rimini Süd... Achtung, die Steuerfahndung steht an der Ausfahrt...

Hier Rambo... El Diablo, kommen... ich hab hier eine, die ist ganz heiß aufs Blasen... Autobahnring, Ausfahrt Casalecchio di Reno, Ecke Tankstelle... nach Luana fragen...

Hier Rambo... wer ist da, Maradona? Hör mal, was soll das heißen, El Diablo ist stinksauer? Ja, hat er nicht gewusst, dass Luana ein Transvestit ist? Wenn du ihn an die Strippe kriegst, sag ihm, dass ich in Parma 2 zum Schlafen rausfahre und da auf ihn warte... und außerdem kann er mich mal am Ar...«

Urplötzlich verstummen die Stimmen auf den Straßen, sie brechen schlagartig ab. Die Grenzen meiner Stadt sind scharf umrissen, durch Stille festgelegt, ihr Rand ist wie die Kante eines Tisches, der im Nichts schwebt. Jenseits dieses Randes klafft ein Abgrund, der die Stimmen verschluckt, schwärzer als schwarz. Und leer.

Manchmal stelle ich aber auch den Polizeifunk ein und lausche der krächzenden Stimme der Streifenwagen. Es ist, als schwebte ich am schwarzen Himmel meiner Stadt und hätte dutzende von Ohren, die kreuz und quer durch das Dunkel rasen.

»Wagen 4 an Zentrale... schwerer Unfall auf der Via Emilia... wir brauchen schleunigst einen Krankenwagen...«

»Hier Wagen 2... wir stehen vor der Genossenschaftsbank... die Alarmanlage hat sich eingeschaltet, aber es ist kein Mensch zu sehen...«

»Überprüf mir schnell mal dieses Nummernschild... A wie Ancona, D wie Domodossola...«

»Also... der Knabe hier hat keine Vorstrafen, aber das Mädchen ist minderjährig und hat keine Papiere... was sollen wir machen?«

»Verstanden... wir fahren hin...«

»Überdosis, verdammte Scheiße... der Typ stirbt uns hier im Auto...«

»Siena Monza 51... Siena Monza 51...«

»Kommen, Siena Monza...«

»Hör zu, wir stehen Viale Filopanti Ecke Galliera und haben hier eine Schwarze ohne Papiere...«

Die Stimme ist kräftig, der Mann spricht durch die Nase, als habe er Schnupfen. Im Hintergrund hört man das grüne Brausen der vorbeifahrenden Autos und das leise, sirrende, azurblaue der Mofas. Dahinter, so weit hinten, dass sie fast mit der Trompete von Chet Baker verschmelzen, spitze, beinah stechende Stimmen: »Nein, ich nicht kommen... du böse, ich nicht kommen...« Und eine andere, lautere, eine große Stimme, eine rote Stimme: »He, hiergeblieben... wo zum Teufel willst du hin? Du willst wohl noch eine? Hm? Du hast wohl noch nicht genug?«

Wenn ich aussteigen und stehen bleiben will, um eine Geschichte zu hören, dann warte ich, bis der Scanner sich auf ein Handy einstellt.

»He, was macht der Typ da mit dem Kopfhörer?«

Musik dahinter. Weit weg. Nur das unablässige Pochen einer Rhythmusmaschine, die durch etwas Massives gefiltert wird, vielleicht eine Wand. Davor das sehr grüne Rauschen eines GSM-Handys und darin eine andere Stimme mit flüssigem Unterton, die unter jedem L und R ein klein wenig gurgelt.

»Mann, bin ich blau... hallo? Hör mal, Lalla, wo ist denn jetzt dieser Rave? Hier weiß keiner Bescheid...«

»He, was macht der Typ da mit dem Kopfhörer?«

Diese Stimme ist nicht so flüssig, sie ist etwas belegt, rauchig, wie von dichtem Nebel verschleiert. Sie befindet sich genau zwischen dem fernen Pochen der Musik und der Stimme, die in das Handy spricht.

»He, Tasso... was macht der Typ da mit dem Kopfhörer?«

»Geh mir nicht auf den Wecker, Misero... was weiß denn ich? Wird ein Rausschmeißer sein...«

»Der hat Kopfhörer wie ein Mixer...«

»Na, dann wird er wohl Mixer sein... hallo Lalla? Bist du das? Verdammt, Misero... sie hat aufgelegt! Und wie kriegen wir jetzt raus, wo der Rave ist?«

»Fragen wir doch den Mixer...«

»Sehr gut, spitze... frag den Mixer und verpiss dich... Hallo, Lalla?«

»Mensch, Tasso... das ist gar kein Mixer, der ist total drauf und sagt, dass er super Shit hat. Verdammt, Mann, was macht der bloß mit dem Kopfhörer...«

Wenn mich die Geschichte nicht mehr interessiert, wenn ich sie nicht mehr verstehe, drücke ich auf den Knopf, der die Frequenz wechselt, und gehe weiter. So verbringe ich die ganze Nacht, denn wenn du kein Licht siehst, ist es egal, ob du am Tag schläfst oder in der Nacht. Immer weiter lote ich die Schwärze aus, manchmal begegne ich dem zarten Kratzen anderer Scanner, die auf meinen treffen. Ich lausche auf die Stimmen der Stadt.

Wenn ich genug habe, schalte ich die Geräte ab.

Stille. Nur das dünne Rauschen der Stille, das mir leise in den Ohren braust.

Nur Chet Baker, der *Almost Blue* singt.

»He, was macht der Typ da mit dem Kopfhörer?«

Ich bin nackt und friere.

Ich betrachte mein Spiegelbild in der roten Pfütze, die sich unter dem Bett gebildet hat, und sehe, dass dieses Tier immer noch unter meiner Haut rast und mein Gesicht deformiert. Also hebe ich ein Stück der Maske auf, die von der Wand heruntergefallen ist, eine längliche afrikanische Maske, und lege es darüber, damit ich das Tier nicht mehr sehe.

Aber ich höre sie.

Ich höre die Glocken der Hölle. Sie hallen in meinem Kopf, immer, Tag und Nacht, und bei jedem Schlag vibriert es bis ins Mark, als ob mein Gehirn selbst eine lebendige Glocke wäre, die dröhnt und bei jedem Schlag zerspringt. Manchmal sind sie weit weg, unten, unterhalb des Genicks, und ich höre nur das metallische Echo, das sich in sanften Wellen langsam in mir ausbreitet. Doch dann beginnt es plötzlich wieder von vorne, lauter, sehr laut, ein lautes Schlagen in der Mitte des Kopfes, das entlang der Nase und auf den Zähnen vibriert, ein lautes Schlagen, das hinter meiner Stirn hämmert und dröhnt, lautes Schlagen, das die Knochengelenke zerbricht und meinen Schädel spaltet, lautes Schlagen, irrsinnig laut. Ich höre sie, die Glocken der Hölle. Immer, jeden Tag und jede Nacht, immer höre ich die Glocken der Hölle, sie läuten zum Begräbnis, und sie läuten für mich.

Damit ich sie nicht höre, habe ich mir den Kopfhörer der Stereoanlage über die Ohren gestülpt, aber das reicht nicht. Wie eine Spiralfeder fällt das Kabel über meine Brust, der Stöpsel baumelt träge und nackt zwischen meinen Beinen. Also schalte ich die Stereoanlage ein, Bässe und Höhen voll aufgedreht, den Loudness-Regler nach rechts bis zum Anschlag, maximale Lautstärke, die LEDS ständig im roten Bereich, ständig. Ich stöpsle den Kopfhörer ein, plötzlich ist da EINE MAUER in meinem Kopf, knallhart und massiv, die meine Trommelfelle zerfetzt und von einem Ohr zum anderen läuft, und dort setzt sie sich fest, genau hinter den Augen, unverrückbar. Basedrum, Snare und Becken schlängeln sich rasend schnell durch meinen Kopf wie die Zunge eines Reptils, die Gitarre ist ein elektrischer Regenschauer, der Bass rollt wie ein hysterischer Donner immer näher heran, und die Stimme ist ein Blitz, der wie ein schwarzer Schrei den Himmel durchzuckt. Ich habe eine Mauer, eine Mauer im Kopf, EINE MAUER, und die Glockenschläge zerschellen daran, dumpf, bei jedem Schlag dröhnen sie ein Stück weiter entfernt. Das Kopfhörerkabel ist gespannt wie eine Hundekette, es reicht geradeso eben bis zu dem Etagenbett. Die Knie gegen die Brust gedrückt, spüre ich die glatte, eisige Haut meiner Beine und die heftigen Schauder in meinen Brustwarzen.

Ich bin nackt und friere, aber die Kleider, die ich anhatte, habe ich zerrissen, und die da auf dem Fußboden hatten sich so voll gesogen, dass sie jetzt bestimmt steif und hart wie Pappkarton sind. Also kauere ich mich an der Bettkante zusammen und lege den Kopf ganz leicht auf einen Zipfel des Kissens, damit ich keinen der Tropfen abbekomme, die von den Drahtmaschen des oberen Bettgestells herunterfallen und Bezug und Laken schon vollkommen durchnässt haben.

Nackt und zusammengekauert liege ich da und friere. Wenn ich mir eine Spritze ins Herz setzen würde, denke ich, dann wäre das herausgesogene Blut schwarz wie Tusche. Ich sehe es hinter dem aufgezogenen Kolben sprudeln, so dicht und dunkel, dass sich das Glas verfärbt wie unter einer dicken, von ein paar trüben Blasen leicht gekräuselten Farbschicht. Wenn ich mir eine Spritze ins Herz setzen würde, dann würde bestimmt das Glas zerspringen, schwarz wie Erdöl würde es hervorschießen, denn ich spüre, mein Herz ist geschwollen und so groß, dass es den ganzen Brustkorb ausfüllt und mit aller Gewalt dagegen drückt und mir die Kehle zuschnürt. Denn da ist etwas in meinem Herz, es kommt heraus und rast schnell unter der Haut dahin, bis in die Kehle hinein. Würde ich den Mund weiter aufmachen, dann würde es sich vielleicht sogar zeigen, zwischen den Zähnen und den halb geöffneten Lippen, dieses Tier, das ich in mir spüre.

Ich setze mich im Bett auf und presse den Kopfhörer gegen die Ohren, denn die Glocken werden wieder lauter. Die Hände auf den Plastikhörmuscheln, presse ich den Kopfhörer gegen die Trommelfelle, quetsche ihn in mich hinein, und dabei schaukele ich, die Ellbogen auf die Knie gestützt, vor und zurück. Ich bin nackt und friere, ich bin nackt und friere, also verlasse ich das Bett, ich gleite auf den Fußboden hinunter und gebe Acht, dass ich mich nicht an den Scherben der Brillengläser, der Flasche, des Weckers und des übrigen Zeugs, das auf dem Nachttisch stand, schneide. Auf allen vieren krieche ich über den Boden wie ein Hund, und wie ein Hund an der Kette schiebe ich mich vorwärts, so weit ich kann, ohne den Kopfhörer aus der Anlage zu reißen, weiter, immer weiter, den Kopf nach hinten geworfen, genau wie ein Hund. Mit den Fingerspitzen bekomme ich den Griff der Schrankschublade zu fassen und ziehe sie auf. Was ich dort finde, ziehe ich an, bibbernd vor Kälte, von Schaudern geschüttelt, mit klappernden Zähnen. So fühlt es sich immer an, jedes Mal, jedes Mal.

Jedes Mal, wenn ich in einen neuen Körper schlüpfe.

Und jedes Mal sind sie wieder da, die Glocken der Hölle, sie kommen von hinten und hämmern wieder gegen die Mauer in meinem Kopf, und die Musik nützt gar nichts, es nützt gar nichts, wenn ich mir die Trommelfelle zermartere und brülle, mit brennendem Atem brülle. Also stehe ich auf und laufe los, ich laufe aus dem Zimmer, laufe zur Tür hinaus, die Treppe hinunter und hinaus auf die Straße, den Kopfhörer auf den Ohren, die Musik im Kopf, und im Hirn laut, wahnsinnig laut das Schlagen der verfluchten Glocken der Hölle, sie läuten unaufhörlich, und sie läuten für mich.

Der Erkennungsdienst des Polizeibezirks Bologna war in einem alten Kloster aus dem siebzehnten Jahrhundert untergebracht. Unter hohen Gewölben führte eine monumentale Treppe nach oben. Dort, wo eine vergrößerte Kopie von Leonardos Proportionsfigur auf der cremefarbenen Wand prangte, machte die Treppe eine Biegung. Sie waren spät dran, und Grazia hastete die breiten Stufen hinauf, doch dann verlangsamte sie den Schritt gleich wieder, gebremst durch ein dumpfes Gefühl, das schon seit dem Morgen ihren Bauch aufblähte und auf ihrem Gesicht einen Anflug von Ärger hinterließ. »Scheiße«, murmelte sie leise, aber Vittorio hörte es trotzdem.

»Was ist los?«, fragte er.

»Nichts.«

Grazia zog den Reißverschluss ihrer Bomberjacke auf und steckte eine Hand hinein, um die Pistole zu verrücken, denn das Halfter an ihrem Gürtel drückte auf den gespannten Leib. Sie schob die Waffe nach hinten, dann an die Hüfte und schließlich wieder nach vorn, aber das Gefühl blieb dasselbe.

»Du wirst mir doch nicht ausgerechnet jetzt krank werden, nicht wahr?«, fragte Vittorio, während er eine Hand unter ihren Arm schob und auf den olivgrünen Jackenstoff legte. »Es ist wichtig, dass du hundert Prozent fit bist. Diesmal muss ich sie einfach überzeugen.«

»Ich bin fit ... keine Sorge.«

»Schließlich hast du dir die Berichte angesehen, und wenn dir nicht gut ist ...«

»Nur die Ruhe. Mir geht's gut.«

»Du hast doch nicht etwa die Grippe? Zurzeit soll ein Virus grassieren, der ...«

»Vittorio, ich bekomme meine Regel. Ich krieg meine Tage, in Ordnung? Sei unbesorgt, das ist immer so bei mir ... das ist normal.«

»Ah«, sagte Vittorio peinlich berührt und ließ einen Augenblick lang ihren Arm los. Als er ihn wieder nehmen wollte, wehrte Grazia ihn energisch ab, machte fast einen Satz und lief, zwei Stufen auf einmal nehmend, die Treppe hinauf. Vittorio beeilte sich, sie einzuholen und mit ihr Schritt zu halten, während sie rasch und entschieden über den Gang lief.

»Ich weiß, dass das normal ist, Grazia«, sagte er. »Du bist eine Frau.«

»Ich bin Polizistin.«

»Okay, du bist Polizistin, entschuldige. Aber ich bin auch Polizist, und ich will diesen Fall. Hast du dir eingeprägt, in welcher Reihenfolge du die Beweisstücke aufrufen musst?«

Grazia nickte. Für einen Moment schloss sie die Augen und sah die Liste der Dateien, die neben dem schwarzen Cursor über den weißen Bildschirm liefen. Sie hätte sie aus dem Gedächtnis auswählen, auf *Eingabe* drücken und im Geist aufrufen können, Namen, Daten, Abbildungen.

»Ja«, sagte sie. »Ich habe es mir eingeprägt.«

»Und die Bombe fürs Finale?«

»Die auch.«

»Wer ist es?«

»Catia.«

catia001.jpg. Sobald sie die Augen schloss, sah Grazia es vor sich, ein kleines schwarzes Viereck mit grüner Schrift am oberen Bildschirmrand. Einmal anklicken, und das Rechteck würde sich öffnen und ein Foto zeigen. Grazia versuchte, die Augen so schnell wie möglich wieder zu öffnen. Sie versuchte, die Lider überhaupt nicht zu bewegen. Sie versuchte, Catia sofort wieder zu vergessen.

»Gut, Kleines«, sagte Vittorio. »Also, in Anbetracht der Tatsache, dass wir es hier mit ziemlichen Dickschädeln zu tun haben und du sie noch nicht kennst, schildere ich dir kurz die

Situation, die uns erwartet. Unser Hauptgegner ist der Polizeipräsident. Alvau, der Staatsanwalt, ist noch sehr jung, er weiß nicht, worum es geht, und möglicherweise reizt ihn sogar die Vorstellung, mit einem spektakulären Fall ins Rampenlicht zu treten. Den Polizeichef reizt das sicher nicht. Ihm ist das alles verhasst, er will keine Unordnung in seiner Stadt, und außerdem müsste er dann zugeben, dass es im Verlauf der bisherigen Ermittlungen zu Pannen gekommen ist. Er hat sogar den Leiter des örtlichen Erkennungsdienstes weggeschickt, damit der uns nicht helfen kann, aber wir werden ihn schon überlisten. Bist du bereit, Kleines?«

Grazia erwiderte nichts. Mit leicht zusammengekniffenen Augen, die ärgerliche Falte zwischen den dichten Brauen, sah sie Vittorio kurz an. Dann steckte sie die Hände in die Taschen der Bomberjacke, und immer noch wortlos blieb sie vor dem schmalen, niedrigen Türbogen einer Mönchszelle stehen. Vittorio rückte die Krawatte zurecht und zupfte an den Ärmeln seines Regenmantels, um die Schulterpartie glatt zu streichen. Er zog den Kopf ein, um nicht an den steinernen Giebel zu stoßen, wo in langen, schlanken Buchstaben der Schriftzug Ieronimus Frater, mdclxxiii eingehauen war. »Okay, Inspektor Negro«, flüsterte er Grazia zu, »machen wir sie fertig«, dann steckte er den Kopf durch die Tür und sagte: »Darf man eintreten? Entschuldigen Sie bitte die Verspätung... ein Unfall auf der Autobahn.«

Das Speziallabor des Erkennungsdienstes war durch Zusammenlegung zweier Mönchszellen geschaffen worden. Die Steinmauern waren unverputzt, die Decken wurden von Balken getragen, massive Steinblöcke fassten die schmalen Fenster ein. Der Fußboden bestand aus glatter Terrakotta. Die Deckenbalken waren schwarz gestrichen. Mit Altar, Kerzenständern und Kruzifix hätte der Raum auch als Klosterkapelle durchgehen können. Doch ein Computerterminal mit Monitor, Modem und Tastatur, ein Metallgestell mit fünf kleinen, an eine zentrale Videoanlage angeschlossenen Fernsehschirmen, herunterhängende Kabelbündel und Steckverbindungen machten daraus ein Labor des Erkennungsdienstes.

Auf dem Monitor zeichnete der Bildschirmschoner das Wort STAATSPOLIZEI in Großbuchstaben. Wie übergeschnappt kreiste der Schriftzug um sich selbst, kam näher und entfernte sich wieder, zuerst winzig klein und dann riesig groß. Auf einem der Fernsehschirme lief die Videoaufzeichnung einer Studentendemonstration, davor stand ein Stativ mit Fotoapparat; zwei Männer machten Aufnahmen von einem Standbild, das einen jungen Mann mit schwarzem Palästinensertuch zeigte. Auf einem Stuhl neben dem Terminal hockte ein Mann. Er trug einen dunkelblauen Mantel, den er fest um sich gewickelt hatte, und so, nach vorne gebeugt, die Hände in den Taschen und die wollenen Mantelschöße über die Knie gezogen, sah er aus wie ein Rabe. Neben den beiden Männern mit dem Fotoapparat stand der Polizeipräsident.

»Endlich«, sagte er, als er Vittorio unter dem steinernen Türbogen hervorkommen sah. Er tippte einem der Männer auf die Schulter und sagte: »Das reicht, Leute, raus jetzt«, dann lächelte er dem Mann in Rabenblau zu.

»Die *Amerikaner* sind eingetroffen«, sagte er laut. »Das sind die Leute von der *A-Ge-Vau*.«

Auf Grazia machte der Polizeipräsident den Eindruck eines Mannes, der sein Haar toupiert, um größer zu wirken. Der Mann in Blau dagegen kam ihr sehr jung vor, fast noch jugendlich mit dieser blonden Strähne, die ihm ins Gesicht fiel, und dem Brillengestell aus rotem Schildpatt. Vittorio war wie immer: tipptopp gebräunt, tipptopp gekleidet, das lange Haar nach hinten geföhnt, ein leutseliges, offenes Lächeln auf den Lippen, die

Hand ausgestreckt. Man hätte ihn eher für einen Manager bei einer Marketingveranstaltung gehalten als für einen studierten Kriminalpsychologen, den jüngsten und brillantesten Büroleiter beim Erkennungsdienst.

»Hauptkommissar Poletto und Inspektor Negro. Wenn Sie gestatten, Herr Polizeipräsident, A-A-Ge-Vau...«

»Entschuldigen Sie, dass ich mich einmische«, sagte der Staatsanwalt Alvau, »aber würden Sie bitte auch mich darüber aufklären, was zum Teufel dieses Kürzel bedeutet?«

»Abteilung für die Aufklärung von Gewaltverbrechen, eine Dienststelle, die bei Ermittlungen gegen mutmaßliche Serienmörder eingeschaltet wird. Ein bisschen so was wie das VICAP beim FBI.«

»Wenn Sie gestatten, Dottore Poletto... wir sind hier nicht in Amerika, wir sind hier in Italien.«

»In der Tat, Herr Polizeipräsident, aber bei uns ist es ja auch anders. Wir gehören zum Erkennungsdienst.«

Grazia war aufgefallen, dass Vittorio Serienmörder gesagt hatte und nicht *serial killer*. Die Vereinigten Staaten erwähnte man besser nicht. Sie hätte gelächelt, wenn nicht plötzlich ein Stechen, ein kurzes Reißen in ihrem Bauch dafür gesorgt hätte, dass die Falte zwischen ihren Brauen noch tiefer wurde. Der Staatsanwalt rutschte auf seinem Hocker hin und her. Er stellte sein endlos langes Bein auf den Boden und wickelte sich noch fester in seinen Mantel.

»Sie vermuten also, dass wir es hier in Bologna mit einem Serienmörder zu tun haben, Dottore Poletto?«, fragte er. Grazia blickte zu Vittorio. Er hatte die Stirn in Falten gelegt, die zusammengepressten Lippen leicht nach vorne geschoben und nickte bedächtig.

»Ja, Dottore Alvau. Davon sind wir überzeugt.«

Er hatte das so schön gesagt, dass sogar der Polizeipräsident einen Augenblick lang außer Gefecht gesetzt war. Vittorio nutzte das sofort aus.

»Ich werde es Ihnen gleich darlegen, Dottore. Nur eine Minute, und wir sind mit dem ZISED verbunden...«

»Schon wieder so ein Kürzel...«

»Sie haben Recht, Dottore Alvau, Berufskrankheit. ZISED bedeutet Zentrales Informationssystem des Erkennungsdienstes. Grazia... würdest du wohl ans Terminal gehen, bitte?«

Unverzüglich setzte sich Grazia auf den Drehstuhl vor dem Computer. Sobald sie die Maus auf der roten Matte neben der Tastatur bewegte, verschwand die kreisende Schrift. Offenbar hatte sich etwas Staub in der Maus festgesetzt, denn der kleine, weiße Pfeil ruckte über den Schirm, und Grazia musste fast Gewalt anwenden, um ihn auf die gelbe Trompete zu schieben, die das Programm aufrief. Wäre es still gewesen, hätte man das abgehackte Ticken der Anwahl hören können und danach das leise Rauschen des Modems, das die Verbindung herstellte. Aber Vittorio wollte dem Staatsanwalt keine Zeit zum Nachdenken lassen.

»Also, Dottore Alvau: Die AAGV wurde im Dezember '95 ins Leben gerufen, sie hat ihren Sitz in Rom und unterstützt die zuständigen Dienststellen, die im Bereich ›Morde ohne Motiv und serienweise Sexualverbrechen‹ ermitteln. Zu unseren Aufgaben gehört aber auch das, was wir Präventionsberatung nennen...«

Der Polizeipräsident öffnete den Mund und stieß ein dröhnendes »Ha!« aus, das sich wie Husten anhörte und ein sarkastisches, etwas gezwungenes Lachen einleitete. Doch unterdessen war der Bildschirm leuchtend blau geworden, und der Polizeipräsident schloss den Mund in andächtigem Schweigen.

»Dieses Programm heißt TAP, Tathergangs-Analyseprogramm. Es basiert auf Daten, die in der AKU, der Automatischen Auswertung der Kriminaltechnischen Untersuchungsergebnisse, gesammelt und anschließend im ZISED gespeichert werden. Damit werden automatisch sämtliche Daten der eingegebenen Fälle verglichen und eventuelle Verbindungen aufgedeckt. Wir nennen es die Monstersuchmaschine.«

Error. Der Polizeipräsident fand das Lachen wieder, das ihm einen Augenblick zuvor abhanden gekommen war. Er richtete es direkt auf den Monstersucher: »Ha! Ha! Ha!«, als handelte es sich um den Titel eines Zeichentrickfilms. *Die Monstersuchmaschine*. Doch Staatsanwalt Alvau hob die Hand, um den Polizeipräsident zu stoppen, rückte die Brille auf der Nase zurecht und sah gespannt auf den Bildschirm.

»Und, was habt ihr aufgedeckt?«, fragte er.

Vittorio machte ein ernstes Gesicht. Er legte eine Hand auf Grazias Schulter, der Stoff der Bomberjacke raschelte.

»Bitte, Inspektor Negro...«, murmelte er.

Grazia spürte, wie sie ihr auf die Pelle rückten. Der Polizeipräsident lag fast auf ihrer Schulter, er atmete ihr ins Ohr; vorhin, bei seinem Lachanfall, hatte er ihr ein warmes, hartes Klümpchen Auswurf auf die Wange gespuckt. Der Staatsanwalt beugte sich über sie wie ein Geier, sein Kinn streifte ihren Kopf. Schließlich Vittorios Hand, deren Wärme Grazia durch den Jackenstoff hindurch auf der Schulter spürte, seine Fingerspitzen, die gegen ihr Schlüsselbein drückten. Und zu allem Überfluss noch dieses Gefühl der Schwere in ihrem Bauch, das sie nach unten zog. Die lästige Überempfindlichkeit im Lendenbereich und im Rücken und in den Beinen, die Stuhlkante, die in den Kniekehlen drückte. Die schmerzenden Brüste im engen Geflecht des Büstenhalters, unter dem leichten Baumwollstoff des T-Shirts, unter dem dickeren des Sweatshirts, unter dem Polyester der Bomberjacke. *Scheiße*. Sie dachte an die Schachtel o. b. normal, die zusammen mit dem Reservemagazin der Beretta in der Jackentasche steckte, dann seufzte sie tief auf, räusperte sich und ließ den Pfeil auf den Schriftzug *open* springen.

»Fall Graziano, Bologna, Dezember 1994. Ein Student aus Palermo, 25 Jahre, der allein in einer Einzimmerwohnung in den Hügeln lebte. Fall Lucchesi, San Lazzaro di Bologna, November '95. Langzeitstudent an der hiesigen Universität, Genuese, 28 Jahre, drogenabhängig mit Vorstrafen wegen Diebstahl und Dealerei. Fall Farolfi-Baldi, Castenaso di Bologna, Mai '96. Ein Studentenpärchen aus Neapel, das sich durch Untervermietung an auswärtige Studenten finanzierte. Mit Hund. Ebenfalls umgebracht.«

Grazia fuhr sich mit der Zunge über die Lippen. *Kein Wort über die Morde*, hatte Vittorio gesagt. Nur die Zeugenaussagen anklicken, die Protokolle der Funkstreifen, die Fotos der Toten, als sie noch *lebten*. Und tatsächlich öffnete sich ein Fenster auf dem Bildschirm: dunkelblau hervorgehobene Wörter, Vordrucke, die *Carabinieri-Posten in* und *Polizeirevier* überschrieben waren, Passfotos, auf denen der Schatten des runden Gemeindestempels zu sehen war, oder Schnappschüsse, die zum Beispiel während eines Ausflugs ans Meer entstanden waren, auf der Kaimauer, den Blick auf die Gischtspritzer gerichtet und ein aufgesetztes Lächeln auf den Lippen, das vor lauter Posieren schon ganz gefroren war. *Lass die Bombe erst ganz am Schluss platzen*, hatte Vittorio gesagt. Die Bombe.

catia001.jpg. Grazia schüttelte den Kopf und versuchte, nicht daran zu denken.

»Fall Assirelli-Assirelli-Assirelli-Fierro, Dezember 1996.«

Am oberen Rand des Bildschirms befanden sich zwei Icons, zwei flache, farbige Vierecke mit der Aufschrift *ass1.jpg* und *ass2.jpg*. Grazia schob den weißen Pfeil auf *ass1* und drückte mit dem Zeigefinger zweimal auf die Maustaste. Ein Familienfoto, Vater, Mutter, Sohn und Töchterchen sitzen am Tisch in einer

Gartenlaube, anscheinend anlässlich einer Neujahrs- oder Geburtstagsfeier.

»Sie wohnten in Coriano di Rimini, in den Hügeln, ebenfalls in einem abgelegenen Häuschen. Nur dass die hier Kinder hatten.«

Klick auf *ass2*. Gleiches Foto wie zuvor. Dieselbe Ecke der Gartenlaube, derselbe Ausschnitt des gedeckten Tisches, an der Wand dahinter das lackierte und bemalte Wagenrad, die Kaminecke mit der Terrakottaflasche, vielleicht ein Souvenir aus San Marino. Diesmal waren keine Assirellis zu sehen, dafür war die Tischdecke seltsam verrutscht, eine Ecke des Tisches war frei, und dann dieser dunkle Fleck, ein breiter Streifen, der sich vom Wagenrad über den Fußboden zog und unter der angelehnten Tür im Hintergrund verschwand. Staatsanwalt Alvau rückte näher an den Bildschirm heran, fast als wolle er dem verblassten, krümeligen Streifen mit dem Blick folgen. Grazia widerstand der Versuchung, ihn wegzustoßen, ihn mit den Schultern zurückzuschieben.

»Diese Fälle sind allesamt gelöst«, wandte der Polizeipräsident vorsichtig ein.

»Die Ermittlungen wurden allesamt gegen Unbekannt geführt«, entgegnete Grazia. »Bei dem Studenten aus Palermo tippt man auf das Homosexuellenmilieu, und bei dem Drogensüchtigen sind die Carabinieri von San Lazzaro der Überzeugung, dass es um Drogengeschäfte ging. Das Pärchen aus Castenaso...«

»Ich erinnere mich daran«, warf Alvau ein. »Raubmord. Täter unbekannt.«

»Und bei der Familie Assirelli«, sagte der Polizeipräsident, »hat die Staatsanwaltschaft Rimini ein Rechtshilfeersuchen gestellt, um diesen Zigeuner da zu verhören... der jetzt in Ex-Jugoslawien im Gefängnis sitzt und hier bei uns in der Provinz

Pavia eine ganze Familie massakriert hat. Ich halte diese Hypothesen sämtlich für sehr stichhaltig. Und ich kann keine Zusammenhänge erkennen.«

»Ich auch nicht...«, sagte Alvau, »im Gegenteil, ich kann mir nicht vorstellen, wie man... was ist los, Inspektor, fühlen Sie sich nicht wohl?«

Grazia war zusammengezuckt und hatte dabei das Kinn des Staatsanwalts gestreift. Ein plötzliches Stechen im Unterleib, ein kurzer Schmerz, feucht und dumpf, als hätte jemand ihre Eingeweide zwischen den Fingern zerquetscht. Die Falte zwischen den Brauen war noch tiefer geworden, und einen Augenblick lang hatte sich die Grimasse auf dem Bildschirm gespiegelt.

»Fühlen Sie sich nicht wohl, Signorina?«, fragte der Polizeipräsident, doch Grazia wehrte kopfschüttelnd ab: »Nein, nein.«

»Inspektor Negro...«, sagte Vittorio zögerlich.

»Das ist die Grippe«, meinte Alvau entschieden. »Mich hat's auch erwischt, schlimme Sache.«

»Nein, nein...«

»Inspektor Negro...«

»Ich habe sofort gesehen, wie blass sie ist, die Signorina, sofort...«

»Ach, die Grippe dieses Jahr... drei verschiedene Erreger! Es schlägt auf den Magen...«

»Nein, nein...«

»Inspektor Negro...«

»Vielleicht gehen wir besser nach drüben, damit die Signorina...«

»Inspektor Negro ist, sagen wir: etwas indisponiert.«

Alvau und der Polizeipräsident gaben ein »Ah« von sich.

Grazia wurde knallrot.

»Natürlich gibt es diese Verbindungen«, sagte sie schroff und bestimmt. »Erstens: Der M. O. ist immer derselbe, bestialische Gewalt, die jedes Lebewesen am Tatort massakriert. Pure Gewalt, kein Sex, kein Fetischismus, kein gar nichts. Nichts als pure Gewalt.«

»M. O.: *Modus Operandi*«, flüsterte Vittorio dem Staatsanwalt zu, der verärgert nickte: »Ich weiß, ich weiß.«

»Zweitens: Bei jedem Fall ist mindestens eine der aufgefundenen Leichen nackt. Vollkommen nackt. Der Junge aus Palermo, der Drogensüchtige, Andrea Farolfi und Maurizio Assirelli, der Sohn der Familie aus Coriano – alle nackt, von Kopf bis Fuß nackt.«

»Das ist auch bei anderen Fällen schon vorgekommen...«, warf der Polizeipräsident ein, aber offensichtlich hörte ihm keiner zu.

»Drittens: Es handelt sich durch die Bank um Studenten der hiesigen Universität. Junge Studenten.«

Der Polizeipräsident klatschte so heftig in die Hände, dass alle sich zu ihm umdrehten.

»Der *Studentenkiller*!«, rief er. »Vollkommen absurd! Wenn ich nur daran denke, läuft es mir schon kalt den Rücken runter!« Er packte Alvaus Arm und schüttelte ihn wütend. »Ist Ihnen klar, was das bedeutet, Dottore? Ist Ihnen das klar? Wir haben hier zweihunderttausend Studenten... können Sie sich vorstellen, was passiert, wenn bekannt wird, dass ein Verrückter die Studenten massakriert? In Bologna? Nicht auszudenken!«

Vittorio legte ebenfalls eine Hand auf den Arm des Staatsanwalts.

»Wenn Sie gestatten, Dottore Alvau, es gibt eindeutige statistische Daten...«

»Wenn Sie gestatten, Dottore Poletto.« Der Polizeipräsident beugte sich vor und griff mit der anderen Hand nach Vittorios Handgelenk. »Also Sie mit Ihren statistischen Daten...«

»Wenn Sie mir gestatten, Herr Polizeipräsident...«

»Nein, wenn Sie *mir* gestatten...«

Grazia saß stocksteif da, gefangen in diesem Geflecht aus Händen, die Arme drückten. Am liebsten wäre sie aufgesprungen und hätte sie allesamt weggescheucht, aber dann fiel ihr wieder ein, dass *catia001.jpg* schwarz und still in der äußersten Ecke des Bildschirms wartete.

catia001.jpg.

Grazia rückte den Pfeil auf das Icon, hielt die Maustaste gedrückt und verschob es in die Mitte des Bildschirms.

catia001.jpg.

»Dottore Alvau«, sagte sie, »ich glaube, es gäbe schon einen Grund, die Ermittlungen wieder aufzunehmen.«

catia001.jpg.

»Und welchen?«, fragte Alvau.

»Verhindern, dass sich so etwas wiederholt.«

Grazia klickte zweimal auf die Maustaste, und auf dem Monitor erschien ein Foto von Catia Assirelli, elf Jahre, aufgenommen von den Mitarbeitern des Erkennungsdienstes am 21. 12. 1996 um 15 Uhr 32.

»O mein Gott!«, schrie Staatsanwalt Alvau und wandte sich ab. »Gott im Himmel, nein! Das gibt's doch nicht!«

Vittorio hob einen Arm, dann winkelte er ihn plötzlich an, sodass die Uhr unter dem Ärmel des Regenmantels zum Vorschein kam.

»Mist, schon so spät«, sagte er, die Hand auf der Wagentür und schon mit einem Fuß in dem blau-weißen Polizeiauto, das mit laufendem Motor auf ihn wartete. »Wenn ich den Pendolino verpasse, bin ich erledigt.«

»Das schaffst du schon, das schaffst du schon«, murmelte Grazia. Sie sah zu, wie er ins Auto stieg, und wartete, bis er den

Mantelzipfel gerafft hatte und sie die Tür hinter ihm zuwerfen konnte. Vittorio ließ das Fenster herunter.

»Sieht aus, als sei die Sache gelaufen, nicht? Wenigstens eine Weile wird Alvau uns freie Hand lassen und die Ermittlungen autorisieren, trotz dieses Schwachkopfs von Polizeipräsident. Wirklich gelungen, das große Finale mit dem Foto des Mädchens... ein bisschen gewagt, aber effektiv. Gute Arbeit, Kleines.«

Grazia lächelte, ohne aufzusehen. Sie starrte auf den Asphalt des Parkplatzes vor dem Polizeipräsidium. Im aufgeblähten Bauch spürte sie eine feuchte, weiche Schwere, aber auch weiter oben, direkt unter dem Herz, als kitzele sie jemand ganz unten in der Kehle mit der Fingerspitze, am liebsten hätte sie losgeheult. Vittorio lehnte sich aus dem Seitenfenster und drückte ihren Arm.

»Ich brauche dir ja wohl nicht zu sagen, wie sehr die AAGV an diese Operation glaubt. Unsere Glaubwürdigkeit steht auf dem Spiel, und jetzt erwarten wir von dir, dass du alles gibst. *Ich* erwarte alles. Du bist unser Mann vor Ort... was mir an dir gefällt, ist dein unbeirrbarer, fast animalischer Instinkt, also setze ihn ein, und finde mir den Studentenkiller. Küsschen.«

Grazia beugte sich vor und drückte ihm mit gespitzten Lippen einen flüchtigen Kuss auf die Wange, wie ein Kind. Vittorio zog den Kopf ein und tippte dem Polizisten am Steuer auf die Schulter.

»Wenn ich den Zug verpasse, lasse ich dich nach Sardinien versetzen«, rief er und zu Grazia gewandt: »Du kannst mich jederzeit über mein Handy erreichen«, aber die Worte gingen bereits im Aufjaulen des Autos unter, das mit quietschenden Reifen davonfuhr.

Grazia zog eine Hand aus der Jackentasche und deutete einen Gruß an. Dann schloss sie den Reißverschluss bis zum Hals, denn die graue Abendluft war kühl. Plötzlich, mit einem Schlag, kam es ihr so vor, als ob der Parkplatz der Piazza Roosevelt um sie herum immer größer würde und Bologna sich zu einer Riesenstadt ausdehnte, die mit rasender Geschwindigkeit ins Unendliche wuchs, und sie ganz allein mittendrin, allein mit den Händen in den Jackentaschen und diesem Drang loszuheulen. Sie biss sich auf die Lippen.

»Scheiß drauf«, sagte sie bei sich, während sie die einzige Träne abwischte, die sie nicht hatte zurückhalten können. »Menstruationssyndrom«, dachte sie, dann sagte sie noch einmal leise »Scheiß drauf« und kehrte durch den Portikus ins Polizeipräsidium zurück.

Manchmal kommt meine Mutter herauf, um nach dem Rechten zu sehen.

Das Geräusch ihrer Stoffpantoffeln auf den Treppenstufen ist ein mattes Aufseufzen ohne Konturen. Ich höre es sofort, ich höre das Knarren des Holzes und das leise Klicken des Eherings, den sie am Finger trägt, Metall gegen Metall, wenn sie sich am Messinggeländer fest hält; ihre kurzen, schweren Atemzüge, wenn sie auf halber Strecke innehält, um Luft zu holen, denn die Treppe zu der Mansarde, in der ich mich ständig aufhalte, ist schmal und steil.

Wenn ich sie höre, lege ich mich auf das Sofa und stelle mich schlafend – vorausgesetzt, ich schaffe es rechtzeitig. Reglos warte ich, bis die Klinke sich mit einem Kratzen wie von einem Räuspern senkt, bis ich das Rascheln der Pantoffeln höre, das an der Schwelle verharrt, und meine Mutter, die zu sich selber sagt: »Pst.« Und dann erneut das Kratzen der Klinke, das Aufseufzen der sich entfernenden Pantoffeln, das Knarren des Holzes, das Klicken des Eherings, das Luftholen auf halber Strecke und so weiter, bis ich nichts mehr höre. Die ersten Male, als ich mich auf das Sofa legte, ohne wenigstens einen Zipfel der karierten Decke überzuwerfen, die jetzt immer dort bereitliegt, kam sie näher, um mich zuzudecken, und manchmal merkte sie dann, dass ich wach war.

»Was tust du da, schläfst du?«, fragte sie dann.

Und fing an zu reden.

Wenn ich dagegen auf dem Stuhl sitzen bleibe, wenn ich mich zurückfallen lasse und den Kopf auf die Kante der Stuhllehne lege oder wenn ich mich nach vorn über den Tisch beuge, die Stirn auf den zum Kreis geschlossenen Armen, dann funktioniert es nicht. Dann kommt sie herein, tippt mir auf die Schulter und sagt: »Wenn du müde bist, leg dich ins Bett.«

Und dann fängt sie an zu reden.

Aber wenn der Scanner an ist und vielleicht auch die Musik, dann gibt es wirklich kein Entkommen. Das hört sie nämlich auch, und dann weiß sie, dass ich nicht schlafe. Dann kann ich höchstens noch schnell die Hand ausstrecken und am Frequenzregler des Scanners drehen. Ich stelle die Chats ein. Unterhaltungen zwischen Computern über Internet.

Darauf bin ich erst vor kurzem gekommen. Bei der Übertragung von einem Modem zum anderen entstehen stoßweise, von elektrischen Entladungen verzerrte Triller, und diese Signale kann man abhören. Die Triller habe ich oft gehört, wenn ich mit dem Scanner den Äther durchforstete. Ein Hagel von modulierten Pfiffen, wie ein Schwarm kleiner, gelb trillernder Vögel in einem prickelnden azurblauen Windstoß. Ich habe sie oft gehört, aber erst vor kurzem ist mir die Idee gekommen, das Signal mit dem Audioprogramm meines Computers zu verbinden. So wurden aus den Pfiffen Wörter, die mit der tiefen, eintönigen Stimme des Decoders aus den Lautsprechern kamen, die auf dem Tisch stehen. Wenn die Daten direkt zwischen zwei Terminals ausgetauscht werden, funktioniert es nicht, aber wenn die Leute sich über Chatlines unterhalten, dann werden daraus Sätze. Mithilfe der Tastatur auf den Bildschirm geschriebene Sätze, die zu Stimmen werden. Stimmen der Stadt. Die anderen lesen sich. Ich lausche ihnen.

Meine Mutter hasst die künstliche Stimme meines Computers. Sie sagt: »Gott, dieses Ding... ich kann's nicht hören«, und verlässt das Zimmer. Deshalb schalte ich ihn jedes Mal ein, wenn sie kommt. Aber es funktioniert nicht immer. Manchmal bleibt sie.

Und fängt an zu reden.

»Gott, dieses Ding... ich kann's nicht hören. Was tust du? Wem hörst du zu? Ist die Musik nicht viel zu laut? Deine Ohren sind so empfindlich... das weißt du doch.«

Tagsüber höre ich nicht Chet Baker. *Almost Blue* ist für die Nacht. Tagsüber lege ich irgendeine CD auf oder höre Radio. *Bar Fly* am Nachmittag. Nur Jazz, kein Dazwischenreden, ab und zu ein Werbespot. Nur Jazz, Bebop vor allem.

Coleman Hawkins.

Ein violettes Sax, das sich vibrierend ausbreitet, so warm, dass Klavier, Kontrabass und Becken sich auflösen, durchsichtig werden, vom Sax durchdrungen.

Die Stimme meiner Mutter. Grün wegen der Zigarette, die sie gerade raucht und die ich gerochen habe, als sie noch unten an der Treppe war, zusammen mit dem Haarspray der Perücke, die sie ständig trägt. Die offenen Vokale, die sich heben und senken und im kadenzierten Tonfall der Gebirgler die Silben halten. Fast als würde sie zur Musik singen. »Hättest du nur damals in der Blindenschule Klavierunterricht genommen... dann wärst du jetzt bestimmt Musiker, statt dich hier die ganze Zeit einzuschließen und diesem Gerät da zuzuhören... Gott, dieses Ding... ich kann's nicht hören...«

Die Stimme aus dem Sampler. Immer gleich, ohne Modulationen, ohne Seufzer, ohne Farben. Eine männliche Stimme, mit einem schwachen Echo, das hinter jedem R vibriert und ab und zu die Vokale zu verdoppeln scheint. Keine Pausen zwischen den Wörtern. Nur ganz kurze zwischen zwei in den Computer getippten Sätzen. »Ciao ko-omma ich heiße rrita ko-omma von wo-o tippst du-u ein fragezeichen. Aus bologna ko-omma und du-u fragezeichen. I-ich auch aus bologna punkt. Welches sternzeichen bist du-u fragezeichen. Skorpion und du-u fragezeichen.«

Sie vermengt sich mit der Musik und der Stimme meiner Mutter, wie ein aus dem Takt geratenes Instrument. Ein Trio, Solist, Gesang und Rhythmusgruppe.

Miles Davis.

Die prallen, runden roten Noten einer Trompete, die mitten

in die Worte meiner Mutter geblasen werden. »Auch die Lehrerin damals, als du nicht mehr auf die Blindenschule gehen wolltest, die Ärmste, hat immer gesagt, *berühre die Dinge, fühle sie, benutze deine Finger*...« Der Dämpfer plättet die Noten der Trompete, breitet sie aus wie eine Mullbinde, und darin verfängt sich der tiefe, stetige, aus dem Takt geratene Rhythmus des Vokalsynthesizers. »Wa-assermann aszendent kre-ebs mond im schü-ützen punkt. Da-as ist wuunderbar rrita ko-omma wirklich punkt. Wa-arum ko-omma versteh-ehst du was davon fragezeichen.« – »Sie war so tüchtig, die Signorina, schade, dass du sie nicht mehr wolltest, bei der danach gebe ich dir ja Recht, bei der hatte ich auch den Eindruck, dass ihr alles egal war...« Die Trompete schallt jetzt ungedämpft und füllt alles mit Löchern. Gelbe Löcher, schrill, viele. »Jedenfalls, ich will ja nichts sagen, ich bestehe nicht darauf, aber ich finde, es würde dir nicht schaden, wenn du ab und zu ein bisschen nach draußen gehst...« – »Du-u bist wie ich ko-omma rrita ko-omma uns macht nur ei-eins angst punkt. Wa-as fragezeichen. Die ei-einsamkeit punkt.« Die Trompete von Miles Davis klingt in einer lang gezogenen, violetten Note aus, ein Tröpfeln, das bald erstirbt. Meine Mutter und der Computer zögern das Finale manchmal hinaus.

»Als Papa noch da war, war es anders.«

»Ja-a punkt. Die ei-einsamkeit punkt.«

Ron Carter. Ein schiefer, verstimmter Kontrabass, der unvermittelt auftaucht. Eigentlich ist er bildschön, ein fast blaues Violett, aber heute mischt er sich mit der Stimme des Decoders und wird grün. Ich will den Scanner schon weiterdrehen, um etwas anderes zu suchen, doch dann halte ich inne, lasse die Hand an den Reglern. Einer der beiden hat gesagt: »Ha-ast du ein mikrofon zum livechatten fragezeichen«, und der andere hat geantwortet: »Ja-a punkt.«

Ich lasse den Scanner auf dieser Frequenz und drehe leiser, bis von der Stimme nur noch ein ganz zarter Hauch übrig bleibt.

»Ciao, hörst du mich?«

Ein Mädchen. Jung. Mit Begeisterung hat sie das A von *ciao* betont, doch dann hat sie beim Ö von hörst du den Druck verringert. Enttäuscht. »Höörst du mich?« Noch weniger Druck. Besorgt.

»Kaum... warte, ich versuch mal... na? Jetzt besser?«

Ein Typ. Jung. Aber es liegt etwas in seiner Stimme, das nicht passt. Gefällt mir nicht.

Das Mädchen lächelt. Ich höre es daran, wie ihre Worte sich ausbreiten, als kämen sie in einem Stück aus dem geöffneten Mund. Außerdem presst sie die Luft heraus, bläst in die Vokale, die rot anschwellen. Ironisch. Scherzhaft. Erleichtert.

»Weißt du jetzt, wie man so ein Mikrofon benutzt, oder nicht? Ist das dein Computer, oder hast du ihn geklaut? War nur ein Witz... ich weiß, ihr Skorpione seid immer gleich eingeschnappt.«

»Ich nicht. Ich bin friedlich. Ich bin nur in einer Beziehung Skorpion.«

»In welcher?«

»Rat mal.«

Gefällt mir nicht. Es ist eine grüne Stimme. Sie kriecht über den schiefen Kontrabass, den man leise im Hintergrund hört, und kräuselt ihn wie Gänsehaut. Eine grüne Stimme, und grün ist sie, weil sie keine Farbe hat. Die Farbe in einer Stimme hängt von der Atemluft ab, die jemand hineinlegt. Vom Atemdruck. Ist er niedrig, dann ist die Stimme demütig, traurig, besorgt, flehend. Ist er hoch, dann ist die Stimme heiter, ironisch oder gutmütig. Ist er schwach, ist sie gleichgültig oder definitiv. Ist er kräftig, aus einem Guss, ist sie bedrohlich, vulgär oder gewalttätig. Wenn die Stimme sich hebt und senkt und die Ränder abrundet, ist sie liebevoll, boshaft oder sinnlich. Diese Stimme ist gar nichts. Sie ist nur ein klein bisschen lebendiger als die Computerstimme, ein bisschen voller, mehr nicht. Eine grüne Stimme, die so tut als ob.

»Hör mal, Skorpion... willst du etwa über Sex reden? Du gehörst doch nicht etwa zu diesen Typen, die nur chatten, weil sie eine abschleppen wollen, hoffe ich...«

»Nein, nein... wie kommst du denn auf so was?« Niedriger Druck, ganz niedrig. Zu. Zu gequält. Zu niedergeschlagen. Zu gebrochen.

»Ich meinte was anderes. Ich wollte sagen, dass ich zurückgezogen lebe wie ein Skorpion, der sich unter einem Stein versteckt, ich bin immer bereit, mich gegen alles und jeden zu verteidigen. Ich verletze, um nicht verletzt zu werden. Aber manchmal fühle ich mich allein. Wie jetzt.«

»Entschuldige, Skorpion... das wollte ich nicht. Ich verstehe dich. Manchmal fühle ich mich auch allein.«

Sie hat angebissen. Die Stimme ist weicher geworden. Ein Seufzer der Überzeugung, der den Druck von den Vokalen nimmt. Ich weiß schon, wie es weitergeht: Wie alt bist du, welche Musik hörst du, welche Hobbys hast du, wo können wir uns sehen...

»Welche Musik hörst du, Skorpion?«

»Wie meinst du das... jetzt gerade?«

»Wieso, hörst du denn gerade etwas? Ich kann nichts hören...«

»Ich habe den Kopfhörer von meinem Walkman auf... aber ich höre dich trotzdem.«

Ich kann diese grüne Stimme einfach nicht hören. Es liegt etwas darin, das mich erschauern lässt. Als wäre da noch ein anderer Ton, darunter, ein Gemurmel in den Pausen. Als betete er, aber ich glaube nicht, dass es ein Gebet ist. Er flüstert. Er flüstert etwas.

Dong, dong, dong.

»Welche Hobbys hast du, Skorpion? Ich bin an der Kunstfakultät, Butoh-Tanz, Origami und Shiatsu...«

»Ich... ich weiß nicht. Glaubst du an Reinkarnation?«

Es ist etwas, das unter dem falschen Klang des Vokalsynthesizers kratzt, etwas, das sich zusammenrollt. Etwas, das zischelnd an- und abschwillt. Und flüstert.

Dong, dong, dong.

Es macht mir Angst.

»Hör mal, Rita... meinst du, wir können uns sehen?«

Abrupt bewege ich den Daumen und wechsele die Frequenz. Der Scanner bruzzelt azurblau in der schwarzen Stille. Erst in diesem Augenblick merke ich, dass die Stimme meiner Mutter seit einer Weile nicht mehr da ist. *Bar Fly* ist zu Ende, und im Radio kommt nichts Interessantes mehr. Ich habe noch die Erinnerung an diese Stimme in mir, die mir Schauder über den Rücken jagt wie damals als kleiner Junge, als ich eine Zahnspange trug und mit der Zunge die Metallhaken auf dem Gaumen berührte. Um dieses runzlige, grüne und frostige Gefühl auszulöschen, stelle ich den Plattenspieler an und drehte die Lautstärke auf.

Almost Blue.

Und genau in diesem Moment, als der Kontrabass flüssig zu schwingen beginnt, genau einen Augenblick, bevor Chet Baker anfängt zu singen, stellt sich der Scanner auf eine belegte Frequenz ein, und ich höre ihre Stimme.

Eine blaue Stimme.

»Hallo, Vittorio? Hier ist Grazia... Nein, nein, alles in Ordnung... ich wollte nur... ja, nein, keine Sorge, der Polizeipräsident macht keine... Ja, ich bin vorsichtig, ja...«

Er ist nicht zu hören. Er ist ein leeres Schweigen, eine schwarze Pause. Er spricht in eins von diesen abhörsicheren

GSM-Handys. Es könnte auch ein Haustelefon sein, aber deren Schweigen ist anders, eher rosa.

»Nein, wirklich, mir geht es gut... sie haben mir zwei Männer von der Einsatzbereitschaft zugeteilt und geben mir Bescheid, falls... natürlich strenge ich mich an... hör auf mit meinen Tagen, Vittorio, die gehen nur mich was an...«

Begreift er denn nicht, dass sie weint? Hört er es nicht an dem feuchten Beben unter ihrer Stimme? Sie hält die Worte in der Kehle zurück, damit sie nicht ins Rutschen geraten, wie wenn man über einen nassen Boden geht. Dann bläst sie sie durch die Lippen, wie Chet Baker. Mit geschlossenen Augen, todsicher.

»Vittorio? Bleibst du einen Moment dran? Ein Kollege macht mir Zeichen...«

Sie hat eine Hand auf die Sprechmuschel gelegt, ich höre das gedämpfte Rauschen. Ich lege den Kopf an die Scannerboxen, um ihr näher zu sein, wenn sie wiederkommt.

Ihre Stimme gefällt mir. Es ist eine weiche Stimme. Jung. Ein bisschen traurig. Ein bisschen süditalienisch. Ein bisschen tief. Warm. Rund und voll. Violett mit einem Hauch von Rot.

Die blaueste Stimme, die ich je gehört habe.

Doch als sie zurückkommt, ist sie verändert. Sie weint nicht mehr. Sie ist gefasst, schnell und so hart, dass ich sie nur mit Mühe wieder erkenne.

»Vittorio? Ich ruf dich später zurück. Sie haben noch einen gefunden.«

»Hör mal, Rita ... glaubst du an Reinkarnation?«

Geben Sie Acht, dass Sie sich nicht schmutzig machen, Signorina… das Blut ist zwar geronnen, aber es ist bis an die Decke gespritzt, und manchmal tropft es.«

Sie fühlte sich prall wie ein Fußball. Ihr Bauch fühlte sich an, als stünde er unter dem Kleid vor wie ein Rettungsring. Sie bereute schon, dass sie statt der Jeans das Kleid angezogen hatte. Nicht wegen des vorstehenden Bauches, der existierte eigentlich nur in ihrer Einbildung, sondern weil niemand sie in diesem Aufzug, mit dem kurzen, grauen Wollkleid und den schwarzen Strümpfen, die an den Knöcheln von den Schnürriemen der Boots eingezwängt wurden, weil niemand sie so, als Inbegriff von Frau gekleidet, als Polizistin wahrnahm. Trotz der Bomberjacke und des Polizeiabzeichens, das sie am Kragen trug, hielt man sie für eine Studentin, die sich aus Neugier eingeschlichen hatte, oder für eine Journalistin, aber im Leben nicht für eine Polizistin. Dies war ein Fall für die Carabinieri, und vielleicht hielten sich deshalb nur Angehörige dieser Truppe in der verwüsteten Wohnung auf, tatsächlich war sie die einzige Frau. Aber in den Jeans hatte sie sich zu eingeengt gefühlt, also dachte sie: »Scheiß drauf«, und holte tief Luft, obwohl sie zu den wenigen Anwesenden gehörte, die keine Atemschutzmaske trugen.

Als man ihn gefunden hatte, war der junge Mann schon mindestens eine Woche tot, und man hatte ihn auch nur wegen des Gestanks entdeckt. Die Vermieterin, die ihn schon länger nicht mehr gesehen hatte, war ein paar Mal hinübergegangen, um zu klingeln, aber niemand hatte ihr aufgemacht. An diesem Nachmittag dann hatte sie die Tür angelehnt vorgefunden, und durch den Spalt hatte sie den süßen, intensiven und Ekel erregenden Geruch wahrgenommen, wie von gekochter Marmelade. Den Geruch des Todes.

»Einzimmerwohnung mit Bad und Kochnische. Das ist alles. Eine Studentenbude.«

Der Brigadiere war groß und freundlich. Aus Höflichkeit hatte er sogar die Schutzmaske abgenommen, dann aber angewidert das Gesicht verzogen und die Maske gleich wieder aufgesetzt. Grazia presste die Lippen zusammen und schluckte. Die Falte zwischen den Brauen wurde noch tiefer.

»Wie sah er aus?«, fragte sie.

»Wie aus dem Schlachthof, Signorina. Ich möchte wirklich nicht daran denken. Der Gerichtsarzt sagt, dass er wahrscheinlich um die zwanzig war. Gut möglich, dass es sich um Paolo Miserocchi handelt, den Studenten, der hier gewohnt hat. Zum Glück haben sie ihn schon weggebracht.«

»Ich meinte eigentlich, ob er bekleidet oder nackt war. Und bitte, nennen Sie mich nicht Signorina.«

»Sie haben Recht, entschuldigen Sie... ich dachte nicht, dass Sie schon verheiratet sind, Sie sind ja noch so jung. Außerdem darf man Signorina nach dem Gesetz ja gar nicht mehr sagen...«

»Inspektor Negro, bitte. Nennen Sie mich Inspektor... ich bin keine Signora, ich bin eine Kollegin.«

Der Brigadiere errötete hinter seiner Maske. Er kniff die Augen zusammen und fixierte Grazia, die sich auf die Zehenspitzen gestellt hatte, um über das Etagenbett zu schauen, die Arme auf dem Rücken gekreuzt, um nur ja nichts zu berühren. Kein leichtes Unterfangen in diesem Zimmer. Der Fußboden lag voller Gegenstände, Glasscherben, Bücher, Kleidungsstücke, CDs, die verstreuten Teile einer Holzmaske. Die Schranktüren standen offen, die Schubladen waren herausgezogen. Der Nachttisch war umgekippt. Die Poster hatte jemand von den Wänden gerissen, ein Bild von Pamela Anderson lag zusammengerollt in einer Ecke. Nur Schreibtisch, Computer und Drehstuhl waren intakt und an ihrem Platz. Und sauber.

»Natürlich war er nackt«, sagte der Brigadiere. »In dem Funkspruch hieß es, dass wir euch Bescheid sagen sollen, wenn wir eine nackte Leiche finden. Nur deshalb sind Sie hier, Inspektor.«

Um nirgendwo draufzutreten, stelzte Grazia auf Zehenspitzen zum Schreibtisch. Sie steckte die Hände unter die Bomberjacke und massierte ungeschickt ihren Rücken, aber die Schmerzen ließen nicht nach. Sie beugte sich so weit über den Computer, dass ihr der beißende Geruch des Rußpulvers zur Sicherung der Fingerabdrücke in die Nase stieg. Den Geruch des Todes roch sie fast gar nicht mehr.

»Kann ich so schnell wie möglich die Fotos der Fingerabdrücke haben?«, fragte sie.

»Sie können ganz beruhigt sein, Inspektor...«, erwiderte der Brigadiere sarkastisch, »unsere sind nicht drauf. Der Gefreite, der den Computer ausgeschaltet hat, trug...«

Grazia drehte den Kopf zur Seite, ihr Kinn raschelte über den Jackenstoff.

»Selbstverständlich habt ihr alles gespeichert, bevor ihr abgeschaltet habt«, sagte sie hastig.

»Selbstverständlich«, entgegnete der Brigadiere nach kurzem Zögern, doch dabei wich er mit dem Blick aus, und eine seltsame Falte ließ das Lächeln unter der Maske flacher werden. Grazia presste die Hände auf den Rücken und flüsterte: »Scheiße«, so tonlos und leise, dass der Brigadiere es wohl an ihrem Blick ablas, denn er wurde wieder rot.

»Kann ich mit dem Kollegen sprechen, der den Computer ausgeschaltet hat?«, fragte Grazia. »Kann ich auf der Stelle mit ihm sprechen?« Das war keine Frage, das war ein Befehl, und der Brigadiere nickte hastig, während er die Hände auf die roten Streifen der Hose legte und sich in einer Art gekrümmter, unentschlossener Habtachtstellung nach vorn beugte.

»Aber ja... gewiss. Canavese! Herkommen, sofort!«

Canavese stand an dem einzigen Fenster der Wohnung und atmete durch einen Spalt. Er löste sich mit einer ärgerlichen Grimasse, die sich sofort veränderte, als er neben dem Brigadiere Grazia erblickte. Rasch glitt sein Blick über ihren Körper – Busen, Beine, Lippen –, dann trat er näher und ließ dabei Stiefelschäfte, Pistolentasche und den weißen Schulterriemen entschlossen knarren. Auch er war groß, wie der Brigadiere.

»Journalistin?«, fragte er, dann bemerkte er das Abzeichen. »Ah... eine Cousine. Und auch noch hübsch... besser als die Kollegen bei uns, was, Brigadiere? Hab ich ja schon immer gesagt, dass die Polizei...«

Grazia blickte nach unten und sah, dass Canavese auf einem Blatt Papier stand. Der rote Spritzer darauf schien es in zwei Teile zu zerschneiden. Auf seinem Weg vom Fenster bis zu ihnen hatte er hemmungslos alles niedergewalzt, was seinen Kampfstiefeln in die Quere gekommen war. Grazia seufzte auf und schüttelte den Kopf. Sie verzichtete darauf, ihn zu fragen, ob er vor dem Abschalten die Daten gespeichert hatte.

»Erinnern Sie sich daran, ob etwas auf dem Bildschirm war? Ein Dokument... ein Programm, etwas Geschriebenes...«

Canavese zuckte die Achseln und schüttelte den Kopf.

»Mit so was kenne ich mich nicht aus«, erwiderte er, »auf alle Fälle war alles schwarz, bis auf eine bunte Schrift, die sich bewegt hat... aber ich habe nicht gelesen, was da stand.«

»Das lässt sich wiederherstellen«, warf der Brigadiere ein, »bei uns in der Informatikabteilung gibt es Spezialisten, die machen Sachen, davon können Sie nur träumen...«

»Nicht so wichtig«, murmelte Grazia, »das war nur der Bildschirmschoner, der dient dazu, in den Arbeitspausen... Na ja, ist nicht wichtig.«

»Aber als ich den Schreibtisch berührte, ist die Schrift sofort verschwunden«, sagte Canavese, der einen Finger unter den

Rand der Mütze geschoben hatte und sich über dem Ohr kratzte. »Warten Sie mal... das Ding hier, wie heißt das noch...«

»Monitor«, sagte Grazia.

»Genau, das hier...« Mit der Handkante fuhr Canavese über die gekrümmte Scheibe des Bildschirms. Der Brigadiere hob den Arm, um ihn zu stoppen, aber mit einer nervösen Kopfbewegung gebot Grazia ihm Einhalt. »Da war eine dunkelblaue Zeile, die hat ihn in zwei Teile geschnitten, und oben und unten waren gelbe Vierecke, auf denen was draufstand.«

»Eine Chatline!«, rief Grazia. »Er hat mit jemandem gechattet! Gut gemacht, Kollege... Glückwunsch.«

»Danke«, erwiderte Canavese mit einfältigem Lächeln.

»Unsere Spezialisten vollbringen Wunder, Inspektor«, sagte der Brigadiere. »Und außerdem... euch ist das doch auch schon passiert, oder? Bei dieser Sache in der Via Poma, wissen Sie noch? Da habt ihr von der Polizei doch den Computer ausgeschaltet...«

»Ja, das stimmt«, schnitt Grazia ihm das Wort ab. »Jetzt sind wir quitt. Kann ich bitte mit der Vermieterin sprechen, die die Leiche entdeckt hat?«

Anna Bulzamini, verwitwete Lazzaroni – die von der Keksdynastie, das können Sie ruhig schreiben, Signorina –, wohnte auf der gleichen Etage, genau gegenüber. Sie sprach im Wohnungsflur mit einem Carabinieri-Hauptmann, der noch größer war als Canavese und der Brigadiere und sich Grazia in den Weg stellte, sobald er sie an der Tür erblickte. Keine Journalisten, bitte. Ach so, sicher, die Polizei. Die Expertin für Serienmörder. Seid ihr euch denn sicher? Wir glauben ja eher an eine Drogengeschichte. Dieser Miserocchi hat die gesamte wirtschaftswissenschaftliche Fakultät mit Ecstasy versorgt.

Die Keks-Lazzaronis, Signorina, schreiben Sie das. Mein

Gott, nicht ganz diese Lazzaronis, aber wir sind verwandt. Ja, ich vermiete an Studenten, aber glauben Sie ja nicht, dass das sehr angenehm ist, man hat nur Scherereien. Paolo, den von gegenüber, habe ich zum letzten Mal vor acht Tagen gesehen. Da habe ich ihn nämlich auf dem Treppenabsatz gehört und bin zur Tür, um ihn an die fällige Miete zu erinnern, und als er nicht zu mir kam, wie er versprochen hatte, habe ich bei ihm geklingelt, aber er hat nicht aufgemacht, also bin ich am nächsten Tag noch mal hin. Nein, dass etwas passiert sein könnte, daran habe ich wirklich nicht gedacht. Na, weil er am nächsten Tag aufgemacht hat. Mein Gott, nicht er persönlich hat aufgemacht, aber ein Freund von ihm, und der hat gesagt, dass Paolo nicht da sei. Natürlich habe ich den Freund gesehen, ich habe ihn ja auf eine Tasse Kaffee hereingebeten, Sie wissen ja, wie die jungen Leute so sind, manchmal fahren sie eine Weile weg und vermieten so lange unter, aber ich sehe das nicht gern, also wollte ich wissen, ob... Nein, sehen Sie, ich kannte ihn nicht, er hat mir nicht gesagt, wie er heißt, und ich konnte ja schlecht seinen Ausweis verlangen, nicht? Also, wie war er. Ein ganz gewöhnlicher junger Mann, ein Student, vollkommen normal, studierte an der Universität. Rundlich, etwas dunkler Teint, mit spitz zulaufenden Koteletten und diesem Ziegenbärtchen, das jetzt so in Mode ist. Aber freundlich, gut erzogen, bloß diese Manie, dass er die ganze Zeit, als er sich hier mit mir unterhielt, den Kopfhörer aufbehalten hat, die hat mir ganz und gar nicht gefallen. Außerdem hat er alle meine Glastiere hier auf der Kommode angefasst, und ich habe mir schon gedacht: Wart's ab, der will bestimmt stehlen. Aber ich habe aufgepasst, und er hat nichts mitgehen lassen. Jedenfalls, na hören Sie mal, mein Geld wollte ich natürlich schon, das wächst ja nicht auf den Bäumen, oder? Also habe ich mich ans Telefon gesetzt und jeden Tag angerufen. Anfangs antwortete immer dieser junge Mann, aber heute war den ganzen

Tag besetzt, und da habe ich gedacht, der macht sich bestimmt aus dem Staub und lässt mir eine meterlange Telefonrechnung da, also bin ich klingeln gegangen, aber die Tür stand offen, ich habe diesen Gestank gerochen und mein Gott, ich Ärmste. Ich muss mich setzen, sonst wird mir jetzt noch übel.

Anna Bulzamini, verwitwete Lazzaroni, hielt sich am Arm des Hauptmanns fest, der sie stützte und mit der behandschuhten Hand ihren Ellbogen tätschelte, bis er sie im Wohnzimmer auf einem Sessel abgeladen hatte. Grazia betrachtete die kleinen Glastiere, die aufgereiht auf der Kommode standen. Elefanten, Gänse, Hunde ... bedeckt von einer Schicht des Rußpulvers, mit dem die Fingerabdrücke sichergestellt worden waren. Es sah aus, als hätte es auf die Figuren geschneit, grauer, ganz feiner Schnee, der urplötzlich und nur dort heruntergerieselt war.

Dein unbeirrbarer, fast animalischer Instinkt, hatte Vittorio gesagt. Dein Instinkt.

Blitzschnell streckte Grazia die Hand aus und packte ein Krokodil an der Schwanzspitze, mit Daumen und Zeigefinger, um die Fingerabdrücke nicht zu verwischen. Sie hatte die Figur gerade in die Jackentasche gesteckt, als der Hauptmann sich umdrehte; sie zog die Hand so überhastet zurück, dass der ganze Inhalt herausfiel, die zusammengerollten Mordfotos, das Reservemagazin, die o.-b.-Schachtel und auch das Krokodil, das auf einer Ecke des Teppichs landete. Hastig bückte sie sich, um es aufzuheben, und warf dem Hauptmann einen Blick zu, doch der hatte nichts gemerkt, sondern starrte nur auf die Tamponschachtel, die zwischen den Spitzen seiner auf Hochglanz gewienerten Stiefel gelandet war. Er hob die Schachtel mit den Fingerspitzen auf und reichte sie Grazia mit leichtem Stiefelknallen und einem dünnen Lächeln. Grazia riss ihm die Schachtel fast aus der Hand, während sie versuchte, die Fotos in die Jackentasche zurückzustopfen.

»Entschuldigen Sie, Signorina...«, sagte Anna Bulzamini, verwitwete Lazzaroni. »Darf ich bitte mal sehen, was Sie da in die Tasche gesteckt haben?«

Grazia wurde puterrot und wusste nicht, was sie tun sollte. Sie sah den Hauptmann mit entsetzter Miene an, die dieser verblüfft und mit einem Anflug von Misstrauen erwiderte. Signora Bulzamini, verwitwete Lazzaroni, beugte sich auf ihrem Sessel nach vorn und zeigte mit dem Arm auf Grazia.

»Das da!«, rief sie. »Was ist das, was da aus Ihrer Tasche schaut? Ein Foto?«

»Ja«, murmelte Grazia verstört und zog die Fotos wieder aus der Bomberjacke, »ja, das sind die Fotos der...«, doch da hatte Anna Bulzamini schon gesagt: »Geben Sie mal her«, und der Hauptmann hatte ihr die Fotos aus der Hand genommen und sie mit erneutem Stiefelknallen der Witwe gegeben.

»Das ist er doch!«

»Wer?«, fragten Grazia und der Hauptmann wie aus einem Munde.

»Der junge Mann mit dem Kopfhörer. Der in Paolos Wohnung war. Das ist er, genau derselbe.«

Grazia schluckte, ein eisiger Schauer kroch ihr den Rücken hinauf bis in den Nacken, ließ sie erstarren und nahm ihr den Atem. Das Foto, auf das Anna Bulzamini, verwitwete Lazzaroni, voller Überzeugung mit der offenen Hand schlug, zeigte einen rundlichen jungen Mann mit etwas dunklem Teint, spitz zulaufenden Koteletten und diesem Ziegenbärtchen, das jetzt so in Mode ist.

Es war der Farbausdruck von *ass3.jpg*.

Assirelli, Maurizio.

Massakriert in Coriano di Rimini am 21. 12. 1996.

Manchmal haken sich Milliarden winzig kleiner Angelhaken unter der Haut meines Gesichts fest und saugen es in den Rachen ein. Sie kommen von irgendwo hinter der Zunge und sprühen durch meinen Kopf wie ein Schwarm Sternschnuppen. Sie dringen durch die Poren und haken sich in der Haut fest, so dünn, dass es fast gar nicht piekst. Wenn das passiert, suche ich schnell nach etwas, worin ich mich spiegeln kann. Ich betrachte mein Gesicht gern, wenn Abermillionen winziger Lichtpunkte darauf glitzern wie mikroskopisch kleine Silbertropfen. Aber dann beginnen die Haken zu ziehen, Nase und Mund und das ganze Gesicht ballen sich in mir zusammen wie eine Faust, die alles mitreißt, Augen, Nase, Lippen, Wangen und Haare, immer tiefer hinunter, in die Kehle hinab.

Manchmal ist mein Schatten schwärzer als die anderen. Ich bemerke es, wenn ich auf der Straße gehe und sehe, dass er neben mir Flecken auf die Mauer wirft und auf Plakaten, Putz oder Steinmauern immer schärfer umrissene Streifen hinterlässt. Ich sehe zu, wie er immer dunkler wird und immer dichter, und ich habe Angst, dass jemand es bemerkt; deshalb würde ich am liebsten wegrennen, aber das ist schwierig, weil er länger wird und Fäden zieht, klebrig und schwarz fesselt er mich an Mauer und Bürgersteig.

Manchmal schlängelt sich etwas unter meiner Haut wie ein Tier, es rast, aber ich weiß nicht, was es ist, denn es zeigt sich nie. Wenn ich mir hastig die Ärmel hochziehe, kann ich es gerade noch sehen, wie eine leichte Schwellung; es rast unter der Haut an den Armen zur Schulter hinauf, als fliehe es vor etwas, und wenn ich das Hemd ausziehe, sehe ich, wie es über die Brust schlüpft, hinunter zum Bauch, und dann wieder hinauf, ein länglicher Wulst, der sich rasend schnell hebt, senkt und ein Stückchen weiter vorn wieder hebt. Wenn das passiert, spüre ich ein unerträgliches Kitzeln unter der Haut, aber ich kann nichts dagegen tun. Nur einmal war ich schnell genug, ich habe mir in den Arm geschnitten und sah etwas hervorschauen, ein kleines grünes Komma, wie ein Schwanz; und da habe ich es mit den Fingerspitzen gepackt und versucht herauszuziehen, aber es ist mir entglitten, als ob es Schuppen hätte, die sich am Rand des Einschnitts festhakten und solche Schmerzen verursachten, dass ich losließ und das Tier wieder in mich zurückschlüpfte.

Manchmal passieren mir diese Dinge.

Manchmal.

Aber immer, immer, immer höre ich in meinem Kopf das Dröhnen dieser verdammten Glocken der Hölle, sie läuten ständig, und sie läuten für mich.

Manchmal schlängelt sich etwas unter meiner Haut wie ein Tier, es rast, aber ich weiß nicht, was es ist.

Das ist kein Krokodil ... das ist eine Zauneidechse.«

»Ich finde, mit dem Kamm da sieht es aus wie ein kleiner Drache ...«

»Nein, das ist eine Smaragdeidechse ... bei der Körperlänge muss es eine Smaragdeidechse sein.«

»Verzeihung ... können wir jetzt weitermachen?«

Der Experte des Erkennungsdienstes warf Inspektor Matera einen Blick zu und lächelte. Er trocknete sich die Hände am Kittel ab und griff mit einer Pinzette nach der Glasfigur, dann warf er Hauptwachtmeister Sarrina einen Blick zu und steckte das Krokodil, die Zauneidechse, die Smaragdeidechse, oder was es auch war, in die Kammer des Bedampfungsschranks. Er stellte den Rheostat ein und schaltete das Gerät an, während Sarinna aus dem Augenwinkel Grazia ansah und dabei mit dem Daumennagel gegen die Zahnkante schlug.

»Könnten Sie das bitte lassen?«, fragte Grazia barsch, während sie auf die Cyanacrylatdämpfe starrte, die die Brennkammer mit zartem, weißem Nebel füllten, als ob jemand von innen gegen die Glasscheibe hauchte.

»Verzeihung«, sagte Sarrina, aber an der lang gezogenen, durch die Lippen gepressten Stimme hörte man, dass er lächelte.

Der Erkennungsdienst des Polizeipräsidiums Bologna verwahrte die Fingerabdrücke in einem großen Raum, der von einem Rechner geteilt wurde, einem großen Metallkasten mit digitalen Displays, der fast bis an die Decke reichte. Unter den Gewölben und zwischen den Steinmauern des umgebauten Klosters stand der Rechner so unbeweglich da wie ein Dinosaurier im Museum, nur dass es sich hier umgekehrt verhielt: Das Skelett eines neuzeitlichen Tiers in einem prähistorischen Saal. Die Hände in den Jackentaschen, die Handflächen auf dem schmerzenden Bauch, lehnte Grazia an dem Rechner und beobachtete die weißlichen Dämpfe des Cyanacrylats, die sich auf der Glasfigur absetzten, mit den Fettpartikeln im Schweiß der Fingerabdrücke reagierten und transparente Kreise in den Rücken des Tierchens ritzten.

»Vorsichtig, bitte«, flüsterte sie, als der Experte das phantastische, mit feinen, deutlich sichtbaren Arabesken überzogene Tier mit der Pinzette aus dem Bedampfungsschrank nahm und unter das Mikroskop schob, um es zu fotografieren. Die beiden anderen, Sarrina und Matera, starrten zu ihr herüber. Sarrina, der auf der Tischkante saß, ironisch und dreist, fast geringschätzig, Matera auf einem Stuhl, väterlich und nachsichtig, aber ebenfalls voller Überheblichkeit. Das waren die Männer, die ihr der Polizeipräsident für die Ermittlungen zugeteilt hatte, und als sie ihnen zum ersten Mal die Hand schüttelte, wusste Grazia schon, dass sie nicht im Geringsten an ihren *Studentenkiller* glaubten.

Matera: »Wissen Sie, Inspektor, mir wird schon übel, wenn ich an so was nur denke... hier in Bologna. Wissen Sie, was das für einen Aufstand gibt? Haben Sie eine Ahnung von dem Durcheinander, das da entsteht? Also, ich denke lieber gar nicht erst an so was.«

Sarrina war direkter gewesen und weniger kompromissbereit: »So etwas passiert doch nur einem Inspektor Callaghan, aber wir sind hier nicht in Amerika.«

Und Grazia hatte geantwortet: »Ich heiße nicht Callaghan, sondern Negro. Und ich stamme aus Nardó in der Provinz Lecce.«

»So, das hätten wir«, sagte der Experte der Spurensicherung, während er die Platte aus dem Fotoapparat zog. »Ein wunderschönes Negativ. Drei Finger mit Papillarleisten, reif für die Schönheitskonkurrenz. Inspektor, hier haben wir die Topmodels der Fingerabdrücke... wenn er in der Kartei ist, fische ich Ihnen binnen einer Viertelstunde Name, Adresse und Telefonnummer heraus!«

»Seien Sie vorsichtig«, wiederholte Grazia und dann: »Überprüfen Sie die psychiatrischen Kliniken und die Studentenkarteien«, aber der Experte nickte nur und winkte ab. Sarrina starrte sie immer noch an, sein Lächeln war ironisch und jetzt auch ein bisschen unverschämt. Grazia hatte den Reißverschluss der Jacke heruntergezogen, und es kam ihr so vor, als schaute Sarrina genau auf ihre Brüste, die im Büstenhalter zu platzen schienen; deshalb verschränkte sie die Arme davor, nahm sie aber gleich wieder weg, wegen der Schmerzen. Sie wollte etwas sagen, aber Matera kam ihr zuvor.

»Und wie geht's jetzt weiter, Inspektor? Der Polizeipräsident hat gesagt, dass Sie der Boss sind. Von mir aus... also, Chef, dann sagen Sie uns doch mal, was wir tun sollen.«

Grazia fuhr mit der Zunge über die trockenen Lippen. Gegenüber diesen beiden misstrauischen und erfahrenen Polizisten fühlte sie sich unbehaglich, wie damals, als sie Vittorio zum ersten Mal in seinem Büro in Rom gegenübergestanden und vor Ergebenheit gejapst hatte. Es war nicht zu übersehen, dass es Matera stank, Befehle von jemandem zu empfangen, der trotz seiner Jugend denselben Rang bekleidete wie er, aber Sarrina? Du bist so unbeherrscht und undiplomatisch, Grazia, hatte eine Kollegin auf der Polizeischule einmal zu ihr gesagt... wie willst du bloß einen Mann finden, wenn du immer so grob und direkt bist?

»Wieso hast du was gegen mich, Sarrina?« Einfach so, grob und direkt.

Langsam hob Sarrina den Blick von der Schuhspitze, die er gerade angestarrt hatte, und sah Grazia an. Er hielt ihrem Blick stand und setzte erneut sein unverschämtes Lächeln auf.

»Weil ich euch kenne, euch Polizistinnen... solche wie Sie, Inspektor. Immer auf hundertachtzig, damit ja jeder sieht, dass ihr besser seid als die Männer...«

»Das ist nicht wahr.«

»... immer nur Arbeit, Arbeit und noch mal Arbeit. Ich wette, Sie sind die Tochter eines Polizisten, ich wette, dass Sie keinen festen Freund haben, ich wette, dass Sie keinen ranlassen, bis Sie nicht mindestens Hauptkommissar sind...«

»Das ist nicht wahr.«

»... und außerdem, Herrgott noch mal, könntet ihr euch doch mal anziehen wie richtige Frauen!« Grazia verschränkte die Arme vor der Brust, Scheiß auf die Schmerzen, Scheiß auf die Menstruation, Scheiß auf alles.

»Mein Vater hatte eine Bar und wollte, dass ich wie er hinter der Theke stehe, aber ich bin Polizistin geworden, weil mir der Beruf gefällt und ich meinen Job gut machen will. Ich werde nie Hauptkommissar werden, weil ich nicht studiert habe, und ich würde mich auch wie eine Frau anziehen, aber was zum Teufel mache ich dann mit der Pistole?«

Sie drehte ihm den Rücken zu und hob die Bomberjacke an, um ihm das Halfter am Gürtel zu zeigen, aber dann merkte sie, dass Sarrina sich aufgesetzt hatte, um ihren Hintern zu begutachten; da wurde sie rot und drehte sich abrupt wieder um.

»Schluss mit dem Unsinn. Ich habe auch sämtliche Fortbildungen in Psychologie mitgemacht, Hauptwachtmeister, aber mich interessieren nicht die Menschen. Mich interessieren die Monster. Schon mal was von Jagdrevier gehört, Inspektor Matera? Serienmörder sind nämlich häufig ortsgebunden wie Raubtiere, und ihre Opfer haben ein genau umrissenes Profil. Peter Sutcliffe, der Yorkshire-Ripper, brachte Prostituierte in der Gegend von Leeds um. Ed Kemper las Anhalterinnen an der Autobahn am Campus von Berkeley auf. Jeffrey Dahmer verkehrte in den Homosexuellenbars von Milwaukee. Das Monster von Florenz suchte die Gegend um Scandicci heim. Unser Mann tötet Studenten der hiesigen Universität, und dazu muss er in ihre

Wohnungen, in ihre Bars, in die Universität. Mit einem Namen und einem Gesicht dürfte es nicht schwer sein, ihn in einer Stadt wie Bologna zu finden.«

Sie wartete. Kein Handschlag, kein »Willkommen bei uns, Inspektor Negro«, kein gar nichts; nur der ironische, unverschämte Sarrina und Matera, der mit einem väterlichen Seufzer den Blick zum Himmel hob.

»Diese Stadt ist nicht wie die anderen, Inspektor Negro«, sagte er nur, »das werden Sie schon merken.« Sarrina lächelte erneut.

»Vorausgesetzt, er ist aktenkundig«, fügte er hinzu.

»Er ist aktenkundig.«

Der Experte des Erkennungsdienstes hielt eine Karteikarte in der Hand. In einer Ecke war ein Foto angeheftet, daneben stand ein klein geschriebener Text. Grazia stieß sich vom Rechner ab und riss ihm die Karte fast aus der Hand. Sie legte sie auf den Tisch, sofort standen Matera und Sarrina hinter ihr und beugten sich mit ihr über die Karteikarte. Matera entfuhr nur ein Lächeln, aber Sarrina war direkter, er richtete sich auf und stieß ein »Aha!« aus, das fast ein Lachen war.

Das Foto zeigte einen jungen Mann um die zwanzig. Kopf und Oberkörper vor weißem Hintergrund. Die Hände in die Hüften gestützt, graues T-Shirt, dessen kurze Ärmel bis zu den Schultern aufgerollt waren. Schwarzes Haar mit Bürstenschnitt, an der Stirn platt gedrückt. Die Augen waren halb geschlossen, der Mund zu einem Lächeln geöffnet, hinter dem zwei Zähne schimmerten. Er schien mittelgroß, von mittlerer Statur und mittlerem Gewicht. Im Text daneben hieß es: *Alessio Crotti, geboren am 26. 10. 1972 in Cadoneghe (Provinz Pavia).*

Eingeliefert in die geschlossene Abteilung der Psychiatrischen Klinik Bologna am 21. 01. 1986.

Verstorben am 30. 12. 1989.

Via Galliera einundfünfzig... Rizzoli-Krankenhaus... Viale Filopanti Ecke San Donato... Strada Maggiore achtunddreißig... Hotel Pullman Hintereingang... Via Ferrarini... Via Ferrarini... Via Ferrarini... kein Taxi in der Via Ferrarini?«

»Siena Termini achtzehn, bin schon da. Hier ist Walter, Anna... der Mann für alle Fälle. Die Via Ferrarini übernehme ich, aber sag dem Kerl, er soll gefälligst auf mich warten, ich muss sie nämlich erst mal finden. Pass auf, wenn ich innerhalb der nächsten fünf Minuten da bin, gehst du morgen Abend mit mir essen, abgemacht? Oh, Anna sag mal... weißt du eigentlich, dass keine in der ganzen Taxizentrale so eine sexy Stimme hat wie du?«

Als kleiner Junge habe ich mich einmal in eine Stimme verliebt. Ist schon lange her, ich ging noch in die Blindenschule und fuhr jeden Nachmittag mit dem Kleinbus der Schule nach Hause. Der Fahrer hörte immer den gleichen Radiosender, und in jenem Sommer gab es eine Sendung, die immer mit demselben Lied anfing. Jeden Nachmittag packte ich so schnell es ging meine Sachen und stand schon da, wenn der Bus kam, damit ich als Erster einsteigen konnte, denn etwa zehn Minuten nach unserer Abfahrt war die Werbung zu Ende, und es kam dieses Lied.

Heute weiß ich, dass das Lied *La vie en rose* hieß, aber damals war ich noch klein und wusste nur, dass es da ein wunderschönes Lied gab, das von einer wunderschönen Frau mit einer wunderschönen Stimme gesungen wurde. Ein sanftes Lied, voller Rs, aber keine grünen, es waren weiche, rosa Rs. Ich verstand den Text nicht, ich verstand den Namen der Frau nicht, aber das spielte keine Rolle, für mich war sie die Frau mit den Rosa R, in die ich verliebt war, wie nur ein Kind es sein kann.

»Hauptwachtmeister Avezzano an Zentrale. Kollegin Ripamonti und ich, wir haben unsere Runde beendet und fahren den Wagen jetzt zurück in die Garage. So, häng das Ding wieder ein, da, das Mikrofon, und pass auf, dass es nicht eingeschaltet bleibt. Was meinst du, Teresì... sollen wir auf ein Nümmerchen nach San Luca fahren? Komm schon, wir haben doch noch über eine halbe Stunde, wir sagen einfach, dass die Straßen voll waren... was ist denn das, du zeigst mir den Stinkefinger? Ach so, der Ehering... na und? Ich bin auch verheiratet... außerdem, letztes Mal waren wir das doch auch schon, nicht?«

»Siena Termini achtzehn? Siena Termini achtzehn? Sag mal, Walter, fährst du jetzt hin und nimmst den Kerl auf oder nicht? Der Typ hat noch mal angerufen, und der Stimme nach wird er langsam sauer... hör zu, wenn er sich über mich beschwert, dann ist das schon das dritte Mal die Woche, und ich fliege achtkantig aus der Zentrale. Loris hier sagt, die Via Ferrarini ist in Pilastro, da, wo sie die drei Carabinieri umgelegt haben... Gib Gas, Walter, wenn du den Kerl aufnimmst, gehe ich die ganze nächste Woche mit dir aus...«

In jenem Sommer lebte mein Vater noch, und wenn ich von der Schule nach Hause kam, musste ich auf den Hof hinunter, er wollte, dass ich mit den anderen Kindern spielte. Wir spielten *Blinder Bub*, eine Art Versteckspiel, bei dem die anderen wegrannten und ich sie in den Ecken zusammentreiben oder festhalten musste, wenn sie an mir vorbeiliefen. Oder *Geisterball*, da stand ich vor einer Garage wie ein Torwart, die anderen versuchten, ein Tor zu schießen, und wenn ich den Tritt und das Pfeifen des Balles hörte, musste ich den Schuss mit dem Körper abwehren. Wenn meine Spiele zu Ende waren, wenn die anderen die Fahrräder hervorholten oder richtig Fußball spielten, dann konnte ich wieder nach oben, ins Haus.

»Hier Rambo, hier Rambo, kann mich jemand hören? Falls jemand dran ist, soll er sich melden, es gibt nämlich Neuigkeiten über El Diablo... das Schwein hat mich auf der Via Emilia kurz hinter Ferrara überholt und nicht mal gegrüßt, und wisst ihr, warum er es so eilig hat, mit Anhänger und allem Drum und Dran? Weil er nach Casalecchio fährt, zur Luana... Maradona? Hörst du mich, Maradona? El Diablo, dieser Hurenbock, hat sich verliebt...«

»Warte, Terè, ich leg den Sitz nach hinten... Lass mal deine hübschen Titten sehen... so hast du's gern, he? Gefällt dir das? Fühl mal, fühl mal, wie hart er ist... gefällt dir, he? Gefällt dir das? Jetzt steck ich ihn dir ganz rein, Teresí, gefällt dir, wenn er so hart ist... he? Gefällt dir das?«

»Mensch, Anna... hier ist Walter. Hör mal, die Straße ist überhaupt nicht in Pilastro... ich glaube, dass sie oben in den Hügeln ist, hör mal zu jetzt. Also ehrlich... ein bisschen genauer hättest du dir das schon beschreiben lassen können, eine Querstraße, eine Ecke, die Gegend... Los, mach schon, hol den Stadtplan raus und lass deine sexy Stimme hören, die mir sagt, wo ich bin, ich habe mich nämlich auf der Suche nach dieser dämlichen Straße selbst verirrt...«

Manchmal, wenn nicht gerade *Blinder Bub* oder *Geisterball* gespielt wurde, machten die Kinder vom Hof eine Pause. Dann setzten sie sich auf das Mäuerchen und unterhielten sich, und ab und zu setzte ich mich dazu. In jenem Sommer sprachen sie oft über Frauen, die ihnen gefielen, und dieses Thema machte mich neugierig, obwohl ich ihnen nicht recht folgen konnte, weil sie nicht die Mädchen vom Hof meinten, sondern die, die sie im Kino oder im Fernsehen oder in einer Zeitschrift gesehen hatten. Auch ich wurde gefragt, wer mir gefiel, aber wie sollte ich ihnen das erklären? Wie sollte ich ihnen erklären, dass mir die Frau mit den rosa Rs gefiel, weil sie eine blaue Stimme hatte? Deshalb ging ich an einem Tag, als gestreikt wurde und ich nicht in die Schule fuhr, mit einem Radio in den Hof hinunter, wartete, bis es so weit war, und führte den Kindern vom Mäuerchen die Stimme der Frau mit den rosa Rs vor, die *La vie en rose* sang.

»El Diablo an Rambo... kannst du mich hören? Hör mal, du Arschloch, was erzählst du da für eine Scheiße herum? Ich hab's so eilig, weil wenn ich nicht bis Mitternacht ausgeliefert habe, dann bin ich der Gefickte und nicht Luana...«

»Verdammt noch mal, Teré... das Funkgerät! Du hast das Funkgerät angelassen! So kriegen die alles mit! Oh, verdammte Hurenscheiße! Ich hab's dir doch extra noch gesagt!«

»Leck mich am Arsch, Walter! Der Bursche hat angerufen und sich meinen Namen geben lassen!«

Die da?, fragten die Kinder.

Aber die ist doch schon alt! Uralt. Die ist doch bestimmt schon lange tot...

»Mensch, Anna... ihr könnt mich mal alle beide, du und deine sexy Stimme.«

Ich ließ das Radio stehen und rannte nach oben, und von diesem Tag an ging ich nicht mal mehr in den Hof hinunter. In jenem Sommer starb mein Vater, und kurz darauf gab ich die Schule dran. Die Sendung habe ich nie mehr gehört, das Lied habe ich nie mehr gehört, ich habe nie mehr eine so blaue Stimme gehört, bis gestern Abend.

Und deshalb lausche ich auch heute Nacht wieder auf die Stadt, mit Chet Baker im Hintergrund.

Blaue Stimme... wo bist du?

»Blaue Stimme ... wo bist du?«

Grazia setzte sich quer auf das Bett, stopfte das Kissen gegen die Wand, um den schmerzenden Rücken zu stützen, hakte die Stiefelspitze unter den Stuhl, zog ihn zu sich heran und legte die müden, schmerzenden Beine auf die Lehne. Aber die Stiefel zwängten die Knöchel ein, deshalb beugte sie erst ein Knie und dann das andere, löste Riemen und Schnürsenkel und streifte die Schuhe ab, wobei sie so fest gegen die Fersen drückte, dass ihr die Luft wegblieb. Einen Augenblick lang betrachtete sie die weißen, vorn etwas eingedunkelten Söckchen, die auf die Knöchel heruntergerutscht waren, dann zog sie noch einmal die Beine an und streifte sie ebenfalls ab. Sie schloss die Augen und rieb die Füße gegeneinander, das Surren des Nylons klang fast wie ein Seufzer der Erleichterung. Die Bomberjacke hatte sie anbehalten, und es kostete sie einige Mühe, die Hand in die Jackentasche zu stecken und das Handy hervorzuholen.

»Hallo, Vittorio...«, begann sie voller Elan, wurde aber sofort von der Stimme des Anrufbeantworters gestoppt. Telecom Italia Mobile. Wir verbinden Sie weiter. Bitte warten. Nach dem Signalton... »Vittorio, hier ist Grazia. Es ist halb elf abends, ich bin in dem Zimmer, das man mir in der Polizeikaserne gegeben hat. Es gibt Neuigkeiten. Unser Mann hat noch einen Studenten ermordet. Nur dass er es im Körper von Maurizio Assirelli getan hat, der schon bei dem Mord davor umkam, und mit den Fingerabdrücken von Alessio Crotti, der '89 in der Klapsmühle gestorben ist. Außerdem hat dieses aus zwei Toten zusammengesetzte Wesen fast eine Woche lang mit jemandem gechattet, und zwar neben der verwesenden Leiche von Paolo Miserocchi, genannt Misero, einem Studenten und Drogendealer. Eigentlich glaube ich ja nicht an Gespenster, aber wie's aussieht, hast du mich in eine unbekannte Stadt geschickt, damit ich einen Zombie suche. Tut mir Leid, aber ich gebe auf, morgen fahre ich zurück nach Rom. Wenn's dich interessiert, ruf mich an, null drei drei acht zwei vier fünf acht sechs drei. Ciao.«

Mit einem trockenen Knall klappte sie das Handy zu und ließ sich auf die Bettdecke fallen. Sie holte die Glasfigur aus der Tasche und balancierte sie auf der einen Hand, während sie mit der anderen Hand ihren harten, angespannten Bauch massierte, dann sprang sie abrupt vom Bett auf. Sie zog die Bomberjacke aus, rollte das Kleid an den Hüften hoch, zog es über den Kopf und ließ es auf den Boden fallen. Anschließend klemmte sie die Daumen unter den Rand der Strumpfhose und zog sie, auf einem Bein hüpfend, ebenfalls aus. Sie griff auch nach dem Saum des weißen T-Shirts, unentschlossen, ob sie es ausziehen und nur Büstenhalter und Slip anbehalten sollte, aber plötzlich lief ihr eine Gänsehaut über die Arme, und deshalb behielt sie es an. Dann ging sie zum Tisch, kippte ein Etui um, suchte etwas mit dem passenden Durchmesser heraus, knotete ihr Haar im Nacken zusammen und steckte es mit einem Bleistift fest. Sie nahm den Laptop, klemmte sich eine voll gestopfte, grüne Kladde unter den Arm und setzte sich wieder auf das Bett.

Mit einem Fuß angelte sie nach der Bomberjacke auf dem Fußboden, schob sie beiseite und ließ das Foto von Alessio Crotti, verstorben am 30. 12. 1989, an die Stelle fallen, wo vorher die Jacke gelegen hatte. Quer über das Gesicht stellte sie die gläserne Eidechse, die so, mit den letzten Spuren der Cyanacrylatdämpfe, Alessio Crottis Gesicht verlängerte und den Gesichtsausdruck verzerrte.

Weißt du, was mir an dir gefällt, Inspektor Negro?, hatte vor langer Zeit Vittorio zu ihr gesagt; am ersten Tag, als er vom formellen *Sie* des Vorgesetzten zum *Du* übergegangen war, *mir gefällt dein unbeirrbarer, fast animalischer Instinkt. Diese radikale Wirklichkeitsnähe. Deshalb habe ich dich zur AAGV geholt. Bei uns sind alle Psychiater, Kriminologen oder Spezialisten, nichts als Theoretiker…*

so eine wie du hat uns gefehlt, Kleines. Und bei diesem *Kleines* durchlief sie ein Schauder, ein zartes Kribbeln, das ihr die Röte ins Gesicht trieb. Radikale Wirklichkeitsnähe. Unbeirrbarer, fast animalischer Instinkt. Unbeirrbar und wirklichkeitsnah.

Grazia ließ das Foto von Assirelli auf den Boden gleiten, es landete neben dem von Crotti und wurde von einer Falte des zusammengerollten Kleides etwas angehoben. Maurizio Assirelli. Rundliches Gesicht, spitz zulaufende Koteletten und Ziegenbärtchen, wie Anna Bulzamini, verwitwete Lazzaroni, gesagt hatte. Und der Kopfhörer. Überlegte sie. Der Kopfhörer, überlegte sie. Überlegte.

Sie sprang vom Bett auf und lief zum Tisch, die Fußsohlen klatschten über den kalten Boden. Mit einem Kabel in der Hand kehrte sie zum Bett zurück und verband Mobiltelefon und Laptop. Servernummer der Staatspolizei in Rom. Password und Verbindung zum ZISED. Directory: SK-Bologna. Sämtliche Zeugenaussagen in den eingegebenen Mordfällen.

Grazia kreuzte die Beine, stützte die Ellbogen auf die Knie und beugte sich über den erleuchteten Bildschirm. Sie vergaß den aufgeblähten Leib und die Schmerzen im Bauch, die immer stärker wurden.

Bei dem Studenten aus Palermo, der in den Hügeln getötet wurde, gab es keine Zeugen, desgleichen bei dem Drogenabhängigen aus San Lazzaro. Aber bei dem in Castenaso massakrierten Paar hatte jemand ausgesagt, ihm sei ein junger Mann in der Gegend aufgefallen, ein komischer Vogel mit Walkmankopfhörer. Walkmankopfhörer. Sehr mager, geradezu klapperdürr, sah aus wie ein Fixer, geflochtene Zottelhaare, Rastatyp. Rastatyp.

Grazia lehnte sich zurück und zog ein weiteres Foto aus der grünen Kladde. Marco Lucchesi, 27 Jahre, geboren in Genua in der Via und so weiter und so fort. Vorstrafen wegen Besitz und Handel und so weiter und so fort. Verstorben in San Lazzaro am

15. 11. 1995. Sehr mager, geradezu klapperdürr, sah aus wie ein Fixer, geflochtene Zottelhaare. Rastatyp.

Grazia verließ das Bett. Sie klemmte die Daumen unter die nervenden Träger des Büstenhalters, aber sie war zu aufgeregt, um ihn auszuziehen. Sie kaute auf der Innenseite ihrer Wange, bis plötzlich ein Krampf ihren Unterleib durchfuhr und sie zu stark zubiss und auf der Zunge den süßlichen Geschmack von Blut spürte. Sie lief im Zimmer auf und ab, dann ging sie wieder zum Bett.

Fall Lucchesi. Zeugenaussagen. Der Jäger, der um vier Uhr morgens den nackten Leichnam im Gebüsch eines Grabens findet. Der Bericht der herbeigeeilten Carabinieri-Patrouille. Der Bericht der Polizei, die zwei Tage später in Ferrara die rote Ente von Lucchesi findet. Die rote Ente.

Fall Graziano. Bürgerliche Familie. Mieter eines kleinen Landhauses auf den Hügeln um Bologna. Verkappter Homosexueller. Als er verschwindet, wendet sich die Familie an *Bitte melde dich*. In der darauf folgenden Sendung kommt ein Hinweis, aber in der Zwischenzeit ist Graziano nackt und tot auf dem Land aufgefunden worden, und dem Hinweis wird nicht nachgegangen. Die Sendung war zwar nicht im Computer, aber Grazia hatte sie sich angesehen, hatte sie wie alles, was den Fall betraf, genau studiert. Es hieß, dass ein femininer Typ mit schwarzem Cavour-Bärtchen, Fischgrätenmantel und auffälligem Hi-Fi-Kopfhörer in der Gegend von San Lazzaro beobachtet worden war, wie er in eine rote Ente stieg. Auffälliger Hi-Fi-Kopfhörer. Cavour-Bart und Fischgrätenmantel. Femininer Typ. Grazia ließ das Foto von Marco Graziano, 25 Jahre, auf den Fußboden fallen. Das Foto stammte aus seinem Studienbuch und zeigte ihn mit Cavour-Bart und Fischgrätenmantel. Femininer Typ.

Scheiße, dachte Grazia. Ihr Blick glitt vom Laptop auf den

Fußboden, auf das Gesicht von Alessio Crotti. Aus diesem Blickwinkel, durch die Glaseidechse verzerrt, sah es aus, als wäre sein Mund zu einem verzweifelten Schrei aufgerissen, schief und stumm.

Bei jedem Mord war das Opfer des vorangegangenen Mordes zugegen.

Grazia zog das Verbindungskabel heraus. Sie riss die Schnur fast aus dem Handy. Die Schmerzen im Bauch waren noch stärker geworden, aber sie war zu aufgeregt, um darüber nachzudenken. Sie zurrte den Knoten um den Bleistift fest, zog dabei so heftig an den Haaren, dass es wehtat, und rannte mit zwei Sätzen ins Bad. Kaltes Wasser übers Gesicht. Die nasse Hand auf die Lippen gepresst. Vittorio.

Als sie zum Bett zurückkehrte, fiel ihr auf, dass sie das Handy ausgeschaltet hatte und der Anrufbeantworter bereits eine Nachricht aufgezeichnet hatte.

»Hallo, Grazia? Wo zum Teufel bist du? Ich hab vorhin angerufen, aber es war dauernd besetzt... Hör zu, was soll dieses Gefasel auf meinem Anrufbeantworter? Steigt dir dein Frauenleiden zu Kopf? Wer ist dieser Alessio Crotti? Ich prüfe das nach, häng du dich an die Chatline... sieh nach, was davon auf der Festplatte gespeichert wurde, und finde heraus, wer wen angerufen hat. Was den Rest angeht, einschließlich dieses Unsinns von wegen alles hinschmeißen, tue ich so, als hätte ich nichts gehört. Ciao, Kleines.«

Rasch, ganz rasch wählte Grazia Vittorios Nummer. Sie hörte es klingeln, während sie sich nervös die glatte Haut an ihrem Po kratzte, dann griff sie nach den nackten Zehen eines Fußes und hakte den Nagel des Zeigefingers unter den der großen Zehe.

Telecom Italia Mobile. Automatischer Anrufservice...

Scheiße.

»Und wo zum Teufel bist du, Vittorio? Jedes Mal ist der Anrufbeantworter dran! Also, hör zu... das ist kein Gefasel, das ist eine Ermittlungshypothese. Wenn du die Zusammenhänge überprüfst, wirst du etwas Eigenartiges feststellen. Der Homosexuelle stirbt, und sie finden ihn nackt in der Landschaft, aber bald darauf taucht er bei dem Fixer wieder auf, als dieser ermordet wird, und er hat einen Kopfhörer auf. Der Fixer erwacht wieder zum Leben, ebenfalls mit Kopfhörer, und ist in Castenaso, als dort das Pärchen massakriert wird, und in der Wohnung des Studenten, der heute gefunden wurde, hört Maurizio Assirelli über Kopfhörer Musik, obwohl er schon eine ganze Weile tot ist. Ich habe es noch nicht überprüft, aber du wirst schon sehen, dass Andrea Farolfi, der mindestens schon sechs Monate zuvor umgebracht und nackt ausgezogen wurde, in Assirellis Wohnung anwesend war. Und ich verwette meine nicht vorhandenen Eier, dass Paolo Miserocchi, der seit einer Woche tot ist, in diesem Augenblick durch Bologna läuft, und zwar höchstwahrscheinlich ebenfalls mit so einem verdammten Kopfhörer.«

Grazia schluckte trocken, denn sie hatte hastig gesprochen. Sie krümmte den Rücken und zog heftig an der großen Zehe. Die Schmerzen im Bauch zwangen sie, sich nach vorn zu beugen.

»Hast du begriffen, was ich dir da erzähle, Vittorio? Hast du begriffen, was vor sich geht? Jedes Mal ist das Opfer des vorhergehenden Mordes anwesend, es erwacht wieder zum Leben und ermordet den Nächsten. Und willst du wissen, was ich davon halte, mein lieber Vittorio?«

Piep. Ende der Nachricht. Vielen Dank für Ihren Anruf.

Nulldreiachtachtvierviersechsnullzweiundzwanzig.

Telecom Italia Mobile...

Grazia ließ davon ab, ihren Zehennagel zu malträtieren, er tat zu weh.

»Willst du wissen, was ich davon halte, mein lieber Vittorio? Da ich nun mal nicht an Zombies, Vampire und Werwölfe glaube und da ein Toter wie Assirelli und die anderen tot ist, und zwar ein für alle Mal, muss es also eine rationale Erklärung für dieses ganze Durcheinander geben, und der Schlüssel zu dieser Erklärung muss bei Alessio Crotti liegen. Was die Menstruation betrifft, sei unbesorgt... wenn ich meine Tage habe, arbeitet mein Verstand sogar noch schärfer.«

Sie klappte das Telefon zu, aber bevor sie es auf das Kissen warf, sah sie noch einmal nach, ob es eingeschaltet war. Von dem Foto auf dem Fußboden schien Alessio Crotti sie mit seinem verzweifelten Schrei anzuschauen, fast jagte er ihr Angst ein. Deshalb schob sie ein Bein über den Bettrand, verrückte mit dem Fuß die Glaseidechse, bugsierte sie auf das Foto und verdeckte mit der großen Zehe Crottis Gesicht. Die Zehe blieb an dem Fotopapier kleben, und wenn sie sie hob und senkte, tauchte unter dem runden Zehennagel das Gesicht auf und verschwand wieder, verzweifelt und Furcht einflößend. Plötzlich spürte sie ein anhaltendes Reißen im Unterleib und dieses feuchte, klebrige Gefühl zwischen den Beinen. Endlich.

Grazia packte die Bomberjacke am Kragen, und während sie ins Bad rannte, hielt sie mit dem Finger den Slip im Schritt ab. Sie warf ihn in die Badewanne, dann duschte sie sich ab, und mit der trockenen Hand nahm sie die Schachtel o. b. aus der Jackentasche. Sie zog einen Tampon heraus, kratzte mit dem Fingernagel an der Zellophanzunge und riss die Folie ab. Sie hob ein Bein, umklammerte mit den Zehen den Badewannenrand und hatte schon die blauen Fäden unten an dem weißen Zylinder gelöst, um ihn auseinander zu ziehen, als sie das Handy klingeln hörte. Eine Sekunde hielt sie inne, dann ließ sie den Tampon ins Waschbecken fallen, griff nach einem Handtuch, presste es zwischen die Beine und stürzte zum Bett.

»Hallo, Vittorio? Wo zum Teufel...«

Es war nicht Vittorio. Es war die Stimme eines Unbekannten, tief, verlegen, kaum wahrnehmbar.

»Was sagen Sie? Wer spricht denn da? Ich verstehe nicht... woher haben Sie meine Nummer?«

Die Stimme murmelte leise. Unterbrochen von verlegenen Pausen, dann hastig, die Wörter stapelten sich eins auf das andere. Scanner. Kopfhörer. Stimmen der Stadt. Grüne Stimme, seine Stimme. Er hat mit dem Mädchen gechattet, er hat sie nach ihrer Adresse gefragt...

»Ich verstehe nicht... woher haben Sie diese Informationen? Sie wissen, dass das illegal ist, nicht wahr? Wieso grün? Haben Sie etwas gesehen? Sie haben... das heißt, entschuldigen Sie... das hieße ja, dass Sie *blind* sind? Dass Sie gar nicht sehen *können*?«

Schweigen. Das zusammengeknüllte Handtuch zwischen die Beine geklemmt, blickte Grazia zur Decke und schnaubte.

»Hören Sie, machen wir es so«, sagte sie. »Sie geben mir Ihre Telefonnummer, und morgen früh rufe ich Sie in aller Ruhe zurück, dann können wir... hallo? Hallo? Ach leck mich doch...«

Grazia klappte das Telefon zu. Unmittelbar darauf läutete es wieder, und das Handy fiel ihr fast aus der Hand. Sie zuckte zusammen, das Handtuch zwischen ihren Beinen glitt zu Boden.

»Hören Sie mal, Sie, dürfte ich vielleicht erfahren, was zum Teufel...«

»Grazia... bist du das? Hier ist Vittorio...«

Vittorio. Grazia seufzte erleichtert auf und zog instinktiv das T-Shirt nach unten, um sich zu bedecken.

»Was ist los? Wen hast du denn erwartet?«

»Ach, Entschuldigung... es ist nur, wir haben die Arbeit an dem Fall eben erst aufgenommen, und schon rufen die Selbstbezichtiger an. Der muss meine Telefonate abgehört und sich dazwischengeschaltet haben...«

»Okay, okay... erzähl's mir später. Hör zu, ich habe über die Geschichte nachgedacht, die du mir auf den Anrufbeantworter gesprochen hast, und ein paar Dinge überprüft. Dieser Alessio Crotti... also, der ist anscheinend bei einem Unfall ums Leben gekommen, aber das Ganze ist nicht so klar, wie es auf den ersten Blick aussieht. Ein Kurzschluss in einem Heizofen, mitten in der Nacht, in Gebäude 4 der Psychiatrischen Klinik. Das Gebäude fängt Feuer und fliegt in die Luft, als die Flammen die Sauerstoffflaschen der Krankenstation erreichen. Vom wachhabenden Psychiater und drei Patienten bleibt nur Asche übrig, die über halb Bologna geweht wird.«

»Dann muss er also noch am Leben sein. Seine Fingerabdrücke waren in Miserocchis Wohnung, also ist er am Leben. Er ist durch das Feuer wie ein Leguan.«

»Das tun die Salamander, Kleines. Aber du hast Recht... *Leguan* gefällt mir besser. Und außerdem, wenn deine Hypothese stimmt, dann häutet sich dieser Alessio Crotti oder wer immer es sei, dann häutet sich dieser Typ jedes Mal... genau wie ein Leguan. Versuchen wir, das Wie und Warum herauszufinden, aber erst mal... Bravo, Kleines. Gute Arbeit.«

Grazia lächelte. Sie las das Handtuch vom Boden auf, legte es auf das Bett und setzte sich darauf. Sie zog die Beine an, die Fersen auf dem Bettrand, ein Fuß auf dem anderen, das Kinn streifte die geschlossenen Knie.

»Hör zu, Vittorio, was die Festplatte des Studenten betrifft... die ist bei den Carabinieri, und die rücken sie nicht raus. Wenn wir Glück haben, bekommen wir sie vielleicht in einem Monat, es sei denn, der Staatsanwalt nimmt sich der Sache an.«

»Der gute Dottore Alvau weiß noch nicht so recht, ob er sich für den Ruhm eines spektakulären Falls oder für die Scherereien eines Mordsaufstands entscheiden soll. Ich übernehme es, ihm das mögliche Presseecho einer *Jagd auf den Leguan* darzulegen. Geht's dir gut?«

»Ja.«

»Bist du müde?«

»Nein.«

»Umso besser, du weißt ja, was dich erwartet. So schnell es geht ins Präsidium, Fahndungsfotos und über Funk Suchmeldungen nach einem Typ mit dem Gesicht von Paolo Miserocchi rausschicken. Vorausgesetzt, in der Zwischenzeit bringt unser Leguan nicht noch einen um die Ecke. Wenn er sich ein anderes Gesicht zulegt, nützen Fotos und Beschreibungen gar nichts mehr. Dann sind wir quasi blind.«

Grazia ließ die Beine herunter und donnerte mit den Fersen auf den Fußboden.

»Was hast du gesagt?«

»Was ich gesagt habe? Was habe ich denn gesagt?«

»Nein, ist nicht wichtig... morgen. Jetzt ziehe ich mich an und fahre ins Präsidium.«

»Wieso, bist du nackt?«

»Ciao, Vittorio.«

»Ciao, Kleines. Noch mal: gute Arbeit, Glückwunsch.«

Grazia stand auf und ging ohne Eile ins Bad zurück. Die unsichere Stimme des Selbstbezichtigers kam ihr wieder in den Sinn, und sie dachte: Ach, Unsinn.

Dann sind wir quasi blind. Ach, Unsinn.

Bravo, Kleines, hatte Vittorio zu ihr gesagt, *gute Arbeit*.

Wenn er sich ein anderes Gesicht zulegt, nutzt es nichts, ihn zu sehen. Ach, Unsinn.

Sie fühlte sich feucht und schmutzig zwischen den Beinen. Sie musste sich waschen, anziehen und zurück ins Präsidium. Fahndungsfotos und Suchmeldungen über Funk. Paolo Miserocchi. Der Leguan häutet sich.

Man bräuchte jemanden, der ihn an der Stimme erkennen kann. Ach, Unsinn.

Als sie zu dem Koffer lief, der offen auf dem Tisch lag, stieß Grazia vor dem Badezimmer mit dem Fuß gegen die Glasfigur. Sie prallte gegen die Wand und zerbrach.

Ein Blinder. Ach, Unsinn.

»Hör mal, Rita... meinst du, wir können uns sehen?
Meinst du, wir können uns jetzt sehen?«

Sie sagt, *normalerweise lasse ich hier keinen rein.*

Sie sagt, *aber bei dir ist das anders, ich hab sofort gemerkt, dass du anders bist, dass etwas Besonderes an dir ist.*

Sie sagt, *wenn mein Vater erfährt, dass ich hier allein mit einem Jungen bin, dann bringt er mich um.*

Sie sitzt auf einem Stuhl, den Arm auf die Kante des hochklappbaren Küchentischs gestützt. Das Zimmer ist winzig, eine Studentenmansarde, die unter die Holzbalken des Daches gequetscht ist. Wände, Türen und Fenster, Sofa, Stuhl, Kissen, Matten, Zeichnungen, Buddhafigürchen und Plüschtiere in allen Farben des Regenbogens. Ich sitze auf dem Sofa, einen halben Meter von ihr entfernt.

Sie sagt, *ich weiß, was du für einer bist.*

Sie sagt, *mir kommt es vor, als würde ich dich schon immer kennen.*

Sie sagt, *du bist süß, sensibel und süß.*

Sie sitzt auf einem Stuhl, den Arm auf die Tischkante gestützt und zwei Finger der Hand im Halsausschnitt des orangefarbenen T-Shirts. Sie spielt mit einem Lederriemen, den sie um den Hals trägt, und ab und zu schaut zwischen Stoff und Fingern ein Wassermannanhänger aus geflochtenem Kupferdraht hervor. Sie hat ein Bein im rechten Winkel über das andere gelegt, die indische Baumwollhose wirft über der Wade Falten. Am Knöchel hat sie ein buntes Stoffbändchen, grün, gelb und rot. Ich sitze einen halben Meter von ihr entfernt.

Sie sagt, *hör mal, wenn es jetzt klingelt, achte gar nicht drauf, es ist nur ein Freund von der Uni, so ein Gepiercter, du weißt schon, diese kleinen Ringe, er bringt mir ein Handy vorbei.*

Sie sagt, *hör mal, glaub ja nicht, dass ich so eine bin, dieser Freund klont sie, und wir telefonieren, so viel wir Lust haben, auf Kosten der Lackaffen, denen es eigentlich gehört.*

Sie sagt, *hör mal, glaub ja nicht, dass er mein Freund ist, ich bin allein, vor allem innen drin. Meinst du, dass ich vielleicht deshalb nie den Richtigen finde?*

Sie sitzt auf einem Stuhl, den Arm auf den Tisch gestützt. Auf dem Knöchel hat sie die rote, gestrichelte Spur eines Kratzers, der unterhalb des Bändchens beginnt und sich hinter der Rundung des Knöchels verliert. Auf dem Fußrücken, zwischen zwei bläulichen, leicht hervorstehenden Adern, das feine, gerötete Geflecht, das die Frotteesocken hinterlassen haben. Den hell schimmernden Nagel der großen Zehe durchläuft eine fast unsichtbare Furche, glänzender und dunkler. Ich. Halber Meter. Sitze.

Sie sagt, *hörst du mich eigentlich mit diesem Kopfhörer, den du da aufhast?*

Sie sagt, *was flüsterst du da?*

Sie sagt, *warum schaust du mich so an?*

Plötzlich spüre ich, dass meine Gesichtshaut in Milliarden haarfeiner Risse aufgesprungen ist. Ich spüre, wie sie zerplatzt, wie die Schuppen sich ablösen und die Haut über den Knochen abblättert, zurückbleibt der kahle, nackte Schädel. Die Augen haben keine Lider mehr, sie rollen nach vorn und klemmen in den Rändern der Augenhöhlen fest. Sie starrt mich die ganze Zeit an, auf ihrem Stuhl an dem Tisch, und ich frage mich, wieso sie es nicht bemerkt. Ich bin nur einen halben Meter entfernt.

Sie sagt, *warum schaust du mich so an?*

Etwas in meinem Kopf drückt meine Gesichtsknochen nach vorn. Stirn, Jochbeine und Unterkiefer krümmen sich nach außen, der Nasenöffnung hinterher, die wie eine Kegelspitze vorsteht. Meine Augen schwellen an, werden gegen die Augenbrauenwülste gequetscht. Sie werden auf ihr zerplatzen. Wie kann sie das bloß nicht merken?

Sie sagt, *warum schaust du mich so an?*
Sie sagt, *warum schaust du mich so an?*
Sie sagt, MEIN GOTT, WARUM SCHAUST DU MICH SO AN?

»Warum schaust du mich so an?«

*Die Engel bluten bei meiner unreinen Liebkosung,
ich muss mich besudeln, um diese Einsamkeit zu lindern...*

2. TEIL **Reptile**

*Angels bleed from the tainted touch of my caress
need to contaminate to alleviate this loneliness...*

Nine Inch Nails, *Reptile*

In einer Ecke des ersten Blattes eine Anmerkung von Vittorio, mit Bleistift. Seine flüchtige, schräge Handschrift, an der Grenze der Lesbarkeit.

Leben, Tod und Wundertaten von Alessio Crotti, dem Leguan.

Wir sprechen uns, wenn ich von der Tagung in Washington zurück bin.

Gute Arbeit, Kleines.

Das erste Blatt. Überschrieben ABTEILUNG ZUR AUFKLÄRUNG VON GEWALTVERBRECHEN (AAGV).

Darunter: PSYCHOLOGICAL OFFENDER PROFILE (POP): Täterprofil von Crotti, Alessio, geboren in Cadoneghe (Provinz Pavia) am 26. 10. 1972, nachfolgender Verbrechen verdächtigt.

Auf dem schneeweißen Papier des Tintenstrahldruckers zeichnete sich scharf der blaue Stempel des Kurierdienstes ab.

Das Datum: 21. 03. 1997.

Das zweite Blatt. AUSSAGE VON DOTT. MARIANI, FRANCESCO, KINDERNEUROLOGE (AUSZUG).

Mit Schreibmaschine, die Gs versetzt und ein wenig verblasst auf porösem, gelblichem Papier. Manche Sätze von Vittorio mit einem geraden, tiefschwarzen Bleistiftstrich unterstrichen.

»[...] Um der Klarheit willen, nicht jedoch um eine eventuelle Schuld auf andere abzuwälzen, muss ich vorausschicken, dass ich nur ein einziges Gespräch mit Crotti, Alessio, geführt habe, zum damaligen Zeitpunkt (12. 07. 1983) 11 Jahre alt, wohnhaft in Pio Istituto di Educazione del Giovane, einem kirchlichen Internat. Im Verlauf des o. g. Gesprächs habe ich Folgendes festgestellt:

– *die Masturbationsaktivität* von Crotti, Alessio, Hauptgrund für die von den Verantwortlichen des Pio Instituto angeforderte

Untersuchung, erschien unter Berücksichtigung der Pubertätsphase, in der sich der Knabe befand, vollkommen normal;

– die gelegentlich von Crotti, Alessio, beklagten *Hörstörungen* (teilweise Taubheit, *Wahrnehmung unbestimmter Geräusche, Zischen*) waren inexistent und nichts weiter als die Folge des für ein elfjähriges Heimkind völlig normalen Wunsches, die Aufmerksamkeit auf sich zu ziehen;

– idem bezüglich der Gewohnheit, *die Haut an den Fingerspitzen abzukauen,* und bezüglich des ausgiebigen *Betrachtens des eigenen Gesichts im Spiegel.*

Auf Grund dieser Befunde und da der Knabe, wenn auch tendenziell einzelgängerisch und schweigsam, so doch im Wesentlichen intelligent und begabt, geistesgegenwärtig und von folgsamem und sanftem Wesen erschien, habe ich ihn für vollkommen gesund und völlig normal erklärt.

Niemand hat mir je von den nächtlichen Albträumen berichtet, von den *Drachenphantasien* oder von dem *Vorfall im Spielzimmer*. Seine Erzieher haben mich lediglich von seiner Masturbationsaktivität in Kenntnis gesetzt. […]«

Vittorio mit Bleistift an den Blattrand.
Drachen?
Spielzimmer?
Und dann ein gerader Pfeil hinunter in die rechte Ecke, zum dritten Blatt.

Grobe Einschlüsse auf dem Hellgrau des dicken Recyclingpapiers. An den Rändern ein Wasserzeichen: OMG-*Projekt São Bernardo – Rettet den Regenwald.*

Das dritte Blatt. Aussage von Pater Girolamo Montuschi, Pio Istituto di Educazione del Giovane.

»Ich schicke voraus, dass ich weder Psychiater noch Psychologe bin, sondern ein einfacher Mönch, und dass es anderen obliegt, Schlüsse zu ziehen und zu urteilen. Es muss bedacht werden, dass der kleine Alessio außerhalb der Ehe gezeugt wurde, dass der natürliche Vater ihn nicht anerkennen wollte und dass die Mutter ihn sehr früh ins Heim gab, *weil ihr Lebensgefährte ihn nicht im Haus haben wollte*. Die Mutter, Albertina Crotti, starb einige Zeit darauf, als Alessio zwölf Jahre alt war, und in all der Zeit hat sie ihn vielleicht ein Dutzend Mal besucht. Ein Waisenkind also.

Deshalb war ich auch nicht sonderlich in Sorge, als das Kind etwa mit fünf, sechs Jahren wegen eines wiederkehrenden Albtraums häufig in der Nacht aufwachte und schrie, wodurch er den ganzen Schlafsaal störte. Er sagte, er träume von einem schuppigen Drachen, der ihm, wie er sich ausdrückte, *auf die Brust sprang und sein Gesicht auffraß*, aber da das Fernsehen kurz vorher einen Dokumentarfilm mit dem Titel *Galapagos: Die letzten Drachen* gezeigt hatte, der auch die anderen Kinder tief beeindruckt hatte, maß ich der Sache keine besondere Bedeutung bei. Außerdem zeigte der kleine Alessio großes Interesse für Bücher mit Illustrationen exotischer Tiere und wilder Stämme ferner Länder, für alles, was mit Abenteuer zu tun hat, also.

Kurze Zeit später wuchs jedoch meine Sorge, als Pater Filippo mich eines Nachts rief, weil der kleine Alessio aus dem Schlafsaal verschwunden war. Wir fanden ihn hinter dem Refektorium, im Spielzimmer im rückwärtigen Teil des Istituto, im Dunkeln. *Er stand vollkommen nackt* vor einem Spiegel und *malte sich mit Buntstiften Kreise aufs Gesicht*.

Wir bestraften ihn mit der gebotenen Strenge, und da der Vorfall sich nicht wiederholte, vergaß ich die Sache.«

Links, fast in der Mitte des Blattes, klebte ein hellblaues »post it«.

Vittorio.

Hast du gemerkt, Kleines? Er zieht sich nackt aus. Er betrachtet sich im Spiegel. Er bemalt sein Gesicht mit Kreisen wie die Maori-Krieger aus den Fotobänden und träumt von den Galapagos-Leguanen.

Er maskiert sich.

Warum?

Außerdem hört er Geräusche.

Welche?

Na ja, schnapp ihn erst mal. Schnapp ihn, Kleines.

Und finde diesen Blinden.

Heute Nacht habe ich von ihr geträumt.

Ich habe von ihr geträumt, aber auf meine Weise: Wärme, die in Wellen über Gesicht und Finger rollt. Gerüche, die mich einhüllen und umkreisen. Sogar Geschmäcker, in denen ich mich bewege, die ich greifen und festhalten kann. Vor allem aber Klänge, der Klang ihrer blauen Stimme, der langsam in meinem Kopf zergeht wie Schnee auf der offenen Handfläche. Aber warm, nicht kalt. Süß auf der Zunge. Und in der Nase dieser Geruch von Eisen und Rauch, kräftig, frei und frisch, ein Geruch wie manchmal, wenn der Morgen durch ein großes Fenster hereinweht.

Es war ein langer, weicher Traum, der, auch nachdem ich schon eine ganze Weile wach war, weiter in mir lastete, irgendwo zwischen Magen und Herz.

Trotzdem, auf ihren Aufruf habe ich nicht geantwortet.

Ich habe den Aufruf ein paar Mal im Radio gehört und weiß, dass er auch in den Zeitungen und im Fernsehen veröffentlicht wurde, weil meine Mutter einmal heraufkam und mich fragte, ob ich der sei, von dem in *Heute aktuell* die Rede war. Der Aufruf richtete sich an den Blinden, der vorige Woche angerufen hatte. Er möge sich umgehend wieder mit Inspektor Negro in Verbindung setzen. Umgehend. Bitte.

Ich habe es nicht getan.

Ich habe sie nicht angerufen. Warum? Weil ich in all den Jahren, die ich mit meinem Scanner auf die Stimmen der Stadt lausche und höre, wie Adressen, Namen und Telefonnummern ausgetauscht werden, mich noch nie eingeschaltet und noch nie jemanden kontaktiert habe. Nie. Wozu auch? Um was zu sagen? Um mir was sagen zu lassen? Nur in jener Nacht, da war es anders. Sie blies die Wörter voller Begeisterung heraus, ließ sie gleichzeitig aber noch ein wenig auf den Lippen vibrieren, als hätte sie Angst, sie ziehen zu lassen. Ich wollte ihr helfen. Helfen, sie herauszustoßen, sie zu blasen wie eine schöne Note, rund und voll, schallend wie ein Solo. Ich wollte ein bisschen Gelb und Rot in ihre blaue Stimme legen. Ich wollte ihr helfen.

Ich habe sie nicht angerufen. Aber ich wusste, dass sie mich früher oder später trotzdem finden würde.

Meine Mutter.

»Simone, bist du da? Hier sind zwei Herren, die mit dir sprechen möchten...«

Ich stehe auf und berühre die Nachttischlampe auf meinem Tisch, um zu fühlen, ob sie ausgeknipst ist. Dann lege ich mich wieder auf das Sofa, ziehe die Beine an und drehe das Gesicht zur Wand. Aber diesmal nützt es nichts, mich schlafend zu stellen.

»Simone? Gott, diese Dunkelheit... ich mache Ihnen gleich Licht. Manchmal lässt er sie tagelang an, und dann wieder... Sie wissen ja, wie das ist. Simone... was machst du, schläfst du?«

Das Klicken des Schalters verrät mir, dass jetzt Licht in meiner Mansarde ist. Und dass Leute da sind. Viele. Da ist meine Mutter, die leise durch das Zimmer rauscht, den Drehstuhl vor meinem Computer verrückt und sagt: »Bitte, nehmen Sie Platz«, und: »Simone, los, steh auf.« An der Tür steht ein Mann, sein Atem pfeift schwer zwischen den Zähnen. Raucheratem. Neben ihm steht noch einer. Er hat die Nase hochgezogen und spielt mit einem unregelmäßigen Klingeln, trüb und gedämpft, wie von Münzen in einer Tasche.

Aber wo ist sie?

»Ich bin Inspektor Negro, Signor Martini. Bei mir sind Inspektor Matera und Hauptwachtmeister Sarrina von der Staatspolizei. Es freut uns, dass Sie uns sehen... treffen wollen.«

Ich sage nichts. Ich setze mich auf dem Sofa senkrecht und verschränke die Arme vor der Brust. Gummisohlen ächzen knirschend näher. Ich höre, wie sie die Lippen öffnet und Atem holt, bevor sie spricht, ein kurzer Atemzug, als wolle sie die Wörter aufblasen, bevor sie sie hastig herauslässt, alle auf einmal. Sie ist verlegen.

»Ich heiße Grazia, ich bin sechsundzwanzig Jahre alt, von mittlerer Körpergröße, dunkelhaarig, ich trage eine olivgrüne Bomberjacke und stehe vor Ihnen, Signor Martini.«

»Na und?«

Meine Mutter: »Simone!«

»Ich dachte, Sie wollten wissen, wie ich bin ... ich habe gesehen, dass Sie zur Seite geschaut haben, und deshalb ...«

»Ich schaue nirgendwohin, Inspektor. Ich kann nicht schauen.«

»Simone!«

»Entschuldigen Sie. Ich dachte, Sie wollten, sagen wir ... mich in Augenschein nehmen.«

Ich lächle.

»Ach ja? Und womit?«

»Simone!«

Sie sagt nichts. Ich höre das Rascheln des synthetischen Stoffes, als würde sie sich umdrehen, und einen Augenblick lang denke ich, dass sie gehen will. Nein, ich *denke* nicht ... ich habe *Angst*, dass sie gehen will. Aber ich höre nicht das Ächzen ihrer Gummisohlen. Ihre Stimme hat nur die Richtung geändert.

»Würden Sie mich einen Moment mit Signor Martini allein lassen? Sie auch, Signora, danke.«

Raucheratem pfeift heftiger. Hundert Lire sagt: »Bitte, Signora, nur einen Augenblick.« Meine Mutter sagt: »Aber ...«, dann knirscht der Türgriff, und die Tür klemmt sich mit endgültigem Aufseufzen in den Rahmen. »Aber ...«, sagt meine Mutter noch einmal, fern auf der Treppe, »aber ...«

Wir sind allein. Vor mir knirschen die Rollen des Stuhls über den Fußboden. Das Kissen auf der Sitzfläche schnauft. Sie hat sich hingesetzt und muss sich nach vorn gebeugt haben, mit den

Ellbogen auf den Knien vielleicht, denn ich spüre ihre Stimme nah an meinem Gesicht.

»Signor Martini... darf ich Sie Simone nennen? Können wir uns duzen?«

»Nein.«

»Hör zu, Simone...«

Warum kommt mir plötzlich diese Ahnung einer fernen, unfassbaren Musik in den Sinn, wie eine leichte Falte im Stoff, die sich verflüchtigt, sobald ich sie zu berühren versuche? Es ist der Anfang von etwas, der Auftakt eines Stücks vielleicht, an das ich mich nicht erinnern kann.

»Ich weiß, ich sollte dich eigentlich um Entschuldigung bitten. Ich weiß, dass ich dir besser hätte zuhören sollen, als du mich angerufen hast, und dass, wenn ich auf dich gehört hätte, wir das Mädchen vielleicht gerettet hätten... schön wär's. Aber damals war ich abgelenkt, ich hatte anderes im Kopf, und ehrlich gesagt habe ich kein bisschen von dem verstanden, was du mir erzählt hast.«

Es ist eine rasche Bewegung, zwei Noten, die sich verhaken und gleich wieder entschwinden, so schnell, dass ich sie nicht zu fassen bekomme. Was ist das nur? Es hat mit ihrem Geruch zu tun, ich habe es in Zusammenhang damit gehört. Ihr Geruch ist nicht angenehm. Es ist der Geruch von abgestandenem Rauch, der im kalten Jackenstoff hängen geblieben ist, säuerlich von Schweiß und leicht süß, wie von Blut, wie bei meiner Mutter an manchen Tagen. Diese Musik aber, diese Noten, die sich verhaken, sind nicht so. Sie sind anders. In dem Geruch, den ich wahrnehme, liegt mehr.

»Wie auch immer, es ist allein meine Schuld, und diese Sache werde ich mein Leben lang mit mir rumschleppen. Aber nicht jetzt, jetzt ist keine Zeit dafür. Jetzt ist da jemand, den wir finden und fangen müssen. Ich... ich würde dir am liebsten das

Foto dieses Mädchens zeigen... das Foto, wie wir sie gefunden haben. Ich habe es mitgenommen, einfach so, aus Unachtsamkeit, ohne zu überlegen, dass für jemanden, der blind ist...«

»Ich bin zwar blind, aber das heißt nicht, dass ich nicht *sehen* kann...«

Sie seufzt. Einen Augenblick lang spüre ich noch ihren Atem auf dem Gesicht und höre wieder diese Musik, kurz und flüchtig. Sie ist wie ihr Atem auf meiner Haut, zuerst kühl auf Wangen und Lippen, und gleich darauf warm, aber immer noch weich.

»Hör zu, Simò, machen wir's so... verbessere mich nicht dauernd. Ich weiß selbst, dass ich immer das Falsche sage. Wenn du willst, dann lerne ich, vielleicht bist du mein Lehrer... aber nachher. Jetzt ist keine Zeit dafür. Da läuft ein Monster herum, das die Leute auf eine Weise umbringt, die du dir nicht mal vorstellen kannst. Wir haben ihn Leguan genannt, weil man fast den Eindruck hat, als würde er sich häuten, er hat jedes Mal ein neues Gesicht, nur diesmal hat er kein Gesicht, denn das Mädchen, das er getötet hat, war noch bekleidet, und deshalb muss er mit jemand anderem fortgegangen sein. Wenn du willst, erkläre ich es dir, aber später... jetzt ist keine Zeit dafür, Simò.«

Diese Noten. Ein Bass setzt ein, eine Gitarre, außerdem Gras, frisch gemähtes Gras.

»Der Einzige, der den Leguan wieder erkennen könnte, bist du, weil du seine Stimme gehört hast, du hast selbst gesagt, dass du ihn gehört hast, und da du nun mal nichts seh... okay, da du blind bist und deine Mutter mir erzählt hat, was du den ganzen Tag über mit dem Scanner treibst, haben Vittorio und ich gedacht...«

»Wer ist Vittorio?«

»Mein Chef, Vittorio Poletto. Er ist Abteilungsleiter bei der AAGV, aber was das ist, erkläre ich dir später. In der Wohnung des Mädchens haben wir den Akku eines Handys gefunden, und wir glauben, dass der Leguan bald ein Handy benutzen wird, oder wieder eine Chatline. Wir glauben... besser gesagt: Wir hoffen, dass er noch einmal von einem Scanner wie deinem abgehört werden kann. Wir möchten, dass du so lange am Scanner bleibst, bis du ihn wieder hörst, denn du bist der Einzige, der ihn an der Stimme erkennen kann. Wir möchten, dass du uns hilfst. Aber wir haben nicht viel Zeit, also entweder du sagst Ja, oder du sagst Nein. Aber jetzt gleich. Ja oder nein. Jetzt gleich.«

Sie hat sich nach vorn gebeugt. Ein kratzendes Aufseufzen, als die Stuhlrollen über den Boden schleifen. Jetzt, wo sie näher ist, kann ich ihren Geruch deutlich wahrnehmen, und plötzlich erinnere ich mich an die Musik. Es ist *Summertime*, aber nicht die majestätische, etwas traurige Version, die man normalerweise hört, sondern diese prickelnde, eigenartige aus einem Werbespot für ein Deodorant. Das ist nämlich der Geruch, der vom Rauch der Jacke und dem Süßsauer der Haut überdeckt wird, es ist der frische, etwas wilde Geruch eines Deos, das ich erst jetzt, als sie näher kommt, riechen kann. Es ist nicht wichtig, ob es das Deo aus der Werbung ist oder nicht, ob die Musik, der Name oder dieser prickelnde Sommermorgenduft etwas mit meiner Assoziation zu tun hat. Ich weiß, dass sie von heute an diese Musik sein wird, und dass mir jedes Mal, wenn ich in Zukunft an sie denke und sie sprechen höre, diese Musik in den Sinn kommen wird. Und ich weiß, dass ich etwas vermissen würde, wenn ich sie nicht mehr hören könnte.

Und deshalb, obwohl ich Angst habe, obwohl ich eigentlich nicht möchte, presse ich die Lippen zusammen und nicke.

»Ja«, sage ich, »ja, in Ordnung. Ich werde euch helfen.«

Das dürre Klingeln der e-mail in Grazias Laptop. Eine Nachricht in Eudora, *from* v.poletto@mbox.vol.it *to* g.negro@mbox.queen.it, Betreff: Leguan. Drei Dateien in attachment.

Den Cursor auf den Schriftzug OK im grauen Feld.

KLICK.

Ich ruf dich an, sobald ich aus Mailand zurück bin.
Schnapp ihn.
V.

Die erste Datei.

AUSSAGE VON DOTT. DON GIUSEPPE CARRARO, PSYCHOLOGE (AUSZUG).

»[...] Ohne hiermit anderen Verantwortung zuzuschieben, schicke ich zunächst voraus, dass ich jeglichen Vorwurf entschieden zurückweise, den Fall unterschätzt zu haben, besonders im Hinblick auf die bekannten späteren Ereignisse.

Als ich mich mit Alessio beschäftigte, war der Junge fast 14 Jahre alt, er hatte die Mittelschule am Pio Istituto abgeschlossen und es mit einem Stipendium für die Höhere Handelsschule verlassen. Er lebte bereits mehrere Monate im Studentenwohnheim, wo er mit zwei weiteren Stipendiaten des Istituto eine Wohnung teilte.

Anfangs gestaltete sich das Zusammenleben schwierig, sodass von Zeit zu Zeit mein Eingreifen als Psychologe und geistlicher Beistand des Wohnheims erforderlich wurde. Die anderen Jungen beklagten sich über Alessio, weil er ständig vor sich hin flüsterte und Musik in einer Lautstärke hörte, die selbst durch den Kopfhörer des tragbaren Kassettenrekorders hindurch unerträglich war.

Ich stellte Alessio zur Rede, und er erklärte, er flüstere, weil er das vom Gebeteaufsagen gewöhnt sei; ich löste das Problem, indem ich ihm vorschlug, leise zu beten. Was die Musik betrifft, so verbot ich sie ihm entschieden, weil ich um den schädlichen Einfluss weiß, den sie auf die Seele der Jungen ausübt (zahlreiche Studien in diesem Zusammenhang belegen, dass der so genannte ›satanic rock‹ ein Werk des Teufels ist!!!)

Alles schien bereinigt, und mindestens ein Jahr lang verhielt Alessio sich normal, er lernte gewissenhaft, nahm jeden Sonntag an der Heiligen Messe teil und empfing regelmäßig die Kommunion.

Ich hatte keinerlei Anhaltspunkte, etwas von dem zu vermuten, was in der Folge geschah. In Gottes Namen, wie hätte ich so etwas ahnen können?«

Die zweite Datei.

Polizeipräsidium Bologna. Funkbetriebszentrale. Bericht Nr. 1234.

»[...] Der unterzeichnete Assistente Alfano, Nicola, Besatzungsführer von Wagen 3, sagt gemeinsam mit Agente De Zan, Michele, aus, dass er am 19. 03. 1986 um 21 Uhr gemäß der Anweisung der Einsatzzentrale in das Studentenwohnheim in der Via Boccaindosso Nr. 35 fuhr. Die Beamten folgten den Schreien und dem Lärm, der aus dem zweiten Stock kam, und drangen in Wohnung 17 ein, wo sie unverzüglich einem jungen Mann zu Hilfe eilten, der rücklings auf dem Fußboden lag. Nachdem er dessen Tod festgestellt hatte, ließ der Unterzeichnete den Agente De Zan zurück, der beim Anblick des o. g. jungen Mannes von plötzlicher Übelkeit befallen worden war, und begab sich wieder auf den Wohnungsflur. Am Ende des Flurs fand der Unterzeichnete einen zweiten jungen Mann vor, der sich offensichtlich in Schockzustand unter einem Tisch versteckt hatte, und nachdem er die Dienstpistole gezogen hatte, drang er in die Küche der Wohnung ein, wo er die Festnahme eines dritten jungen Mannes durchführte, der in der Folge als Crotti, Alessio, 15 Jahre, identifiziert wurde. Besagter Crotti war vollkommen nackt und hatte sich das Gesicht mit Senf eingerieben, den er dem geöffneten Kühlschrank entnommen hatte. Er brüllte und knurrte und war so außer sich vor Erregung, dass es nicht leicht war, ihn zu bändigen und ihm die Handschellen anzulegen.«

Die dritte Datei.

Er sucht eine Maske. Er zieht sich immer noch nackt aus und beschmiert sich das Gesicht wie ein Primitiver, weil er noch nicht weiß, dass er seine Maske gefunden hat, dank dieses unseligen Märzabends. Die Gewalt, mit der er auf die Provokationen der Studenten reagiert, weist ihm den Weg, und die Klapse bietet ihm die Gelegenheit.

Weißt du, was dann geschieht, Kleines?

Der Leguan wird zur Zwangsverwahrung in die Psychiatrie eingewiesen, und dort nimmt man die Fingerabdrücke, die du gefunden hast. Er bleibt drei Jahre in der geschlossenen Abteilung, wo man ihn mit 50 ml Haloperidol Decanoat alle 14 Tage behandelt. In der Zwischenzeit unterzieht man ihn einer Reihe von Tests, versetzt ihn in Hypnose und versucht herauszufinden, was mit ihm los ist. Bis Gebäude 4 in die Luft geht und ihn von jener Identität befreit, vor der er zu fliehen versucht.

Bumm! Alessio Crotti gibt es nicht mehr.

Jetzt ist er wirklich nackt.

Jetzt braucht er eine neue Identität.

Eine neue Maske.

Jetzt ist er der Leguan.

Und aus diesem Grund tötet er die Leute. Mehr noch: Er zerfleischt sie, macht Hackfleisch aus ihnen, zerstört sie. Er vernichtet sie. Er zieht sie nackt aus, zieht sich nackt aus und nimmt ihr Äußeres an, wie eine zweite Haut.

Aber warum? Wovor läuft er davon? Wenn er ganz allein ist, zusammengekrümmt wie ein Fötus und in diese Musik versunken, die ihn wie eine Fruchtblase umfängt, woran denkt er dann? Wovor hat er Angst?

Schnapp ihn, Kleines.

Schnapp ihn, Kleines.

Die Piazza Verdi in Bologna ist ein rechteckiger Platz auf halbem Wege der Via Zamboni, der Universitätsstraße. Folgt man ihr, dann machen die Arkaden einen Bogen, schwenken langsam nach links, und an dieser Stelle öffnet sich der Platz, auf dem fünf Straßen zusammentreffen, so gerade wie die Strahlen einer Kindersonne, gestochen, unregelmäßig und ebenfalls von Arkaden gesäumt. Selbst an Aprilnachmittagen bleibt es unter den Arkaden von Bologna kühl, weil die Frühlingssonne nicht bis dorthin dringt, die Arkaden liegen im Schatten, und manchmal, wenn die Sonne ganz verschwindet, herrscht Dunkel.

Schnapp ihn.

Grazia mochte die Arkaden nicht. Langsam ging sie zwischen den Ständen auf und ab, die die Ecke der Piazza zwischen dem Gebäude der Studentenmensa und dem heruntergelassenen Rolladen der Universitätskooperative einnahmen und Bücher zum halben Preis anboten. Die Abdeckplanen der Büchertische, die so weiß waren wie Zelte in der Sahara, warfen die gleißende Frühlingssonne zurück, und Grazia hatte sich die Bomberjacke ausgezogen und vorsichtig um die Hüften geknotet, damit man die Pistole nicht sah.

Schnapp ihn, Kleines.

Grazia lächelte sarkastisch, wobei sie die Unterlippe zwischen die Zähne klemmte und von innen Hautfetzen abschabte. Dann warf sie das Buch, das sie wahllos herausgegriffen hatte, so wütend auf den Tisch zurück, dass der Verkäufer sich vorbeugte und nach dem Titel sah.

Diese Stadt, hatte Matera zu ihr gesagt, ist nicht wie die anderen. Zuvor, als sie im Auto unterwegs waren, um eine frühere Mitbewohnerin der ermordeten Studentin zu suchen, hatte Matera mit den Fingerknöcheln gegen das Seitenfenster geklopft und mit dem Kopf nach draußen gedeutet. Diese Stadt, hatte er gesagt, ist nicht das, was sie zu sein scheint. Sie sagen, sie sei klein, weil Sie an den Teil innerhalb der Stadtmauern denken, der nicht viel mehr ist als eine Kleinstadt, aber Sie kennen die Stadt nicht, Inspektor, Sie haben nicht die leiseste Ahnung. Das, was Sie Bologna nennen, ist ein riesiges Gebilde, das von Parma bis nach Cattolica reicht, eine ganze Region entlang der Via Emilia, wo die Leute in Modena wohnen, in Bologna arbeiten und abends zum Tanzen nach Rimini fahren. Eine komplexe Metropole mit einer Fläche von zweitausend Quadratkilometern und zwei Millionen Einwohnern, die sich mit atemberaubender Geschwindigkeit vom Meer bis zum Apennin ausbreitet und kein echtes Zentrum hat, nur eine verschwommene Peripherie, die Ferrara, Imola, Ravenna oder Riveria heißt.

Die Freundin des getöteten Mädchens wohnte in einem der besetzten Häuser in der Via del Lazzaretto. Sara: dreiundzwanzig Jahre alt, kurze, rosa Haare, ein Ohr von einer Reihe dünner, kleiner Ringe durchbohrt, die Arme in die Ärmel des groß karierten Hemdes zurückgezogen, die Finger um die Manschetten gehakt, kaum sichtbar. Übernervös: hin und her in der Wohnung, die wie eine stinknormale Sozialwohnung aussah. Nein: Mit Rita wohnte sie schon länger nicht mehr zusammen. Geld: Solange sie neuere Literatur studierte, hatte ihr Vater einen Scheck aus Neapel geschickt, dann hatte sie es geschmissen, und das war's dann mit der Kohle. Vor vier Monaten: Ciao, Rita, ich kann in einem besetzten Haus in der Via del Pratello unterkommen, kostet mich keinen Pfennig, dann, als die Stadtverwaltung das Haus räumen ließ, war sie mit den anderen in die Via del Lazzaretto umgezogen. Vorher hatte sie Rita allerdings noch eine Freundin als Mitbewohnerin vermittelt.

Im April ändert sich das Licht rasch, wenn die Sonne untergeht. Die Schatten unter den Arkaden werden rot, fast fleckig, zerteilt von gelben Strahlen, die waagerecht in die Gewölbe einfallen und flink über die Mauern gleiten, und wenn man starr auf das Ende der Säulenreihe blickt, leuchten sie blutrot in den Augenwinkeln. Wenn die Sonne hinter den Dächern verschwindet und tief hängende Wolken das Licht zu einem fahlen Violett filtern, werden die Schatten unter den Arkaden erst grau, ein metallisches Grau, und dann azurblau, ein eisenhaltiges Azur, verchromt und fast dunkelblau. Rasch wie das Licht verändert sich auch die Piazza Verdi, und um Viertel nach sieben sieht sie schon vollkommen anders aus als noch um sieben. Das fiel Grazia auf, als sie an der Universitätsbibliothek vorbeiging. Der Hausmeister schloss gerade geräuschvoll die Tür ab und warf ihr einen bösen Blick zu, weil sie neben ihm stehen geblieben war und einen Fuß auf die Stufe gesetzt hatte, als ob sie hineinwollte. Aber sie wollte sich nur den Schuh zubinden, und sobald sie den Kopf hob, sah sie, dass unter den Arkaden, zwischen den kreuz und quer mit Konzertplakaten beklebten Mauern, den Säulen mit arabischen Kritzeleien und dem mit zusammengeknüllten Handzetteln der Copy-Shops übersäten Boden kein Student mehr zu sehen war, und auch der Fixer, der vor dem Stadttheater um Kleingeld bettelte, hatte die Hände in die Jackentaschen gesteckt und sich auf die Treppe des Theaters gesetzt.

Diese Stadt, hatte Matera gesagt, ist nicht wie die anderen. Sie ist nämlich nicht nur groß, sondern auch kompliziert. Und voller Gegensätze. Geht man zu Fuß, scheint Bologna nur aus Arkaden und Plätzen zu bestehen, fliegt man aber mit einem Hubschrauber darüber, wirkt es durch die Innenhöfe, die man von außen nicht sieht, grün wie ein Wald. Und wenn man mit einem Boot darunter herfährt, ist es voller Wasser und Kanäle wie Venedig. Arktische Kälte im Winter und tropische Hitze im Sommer. Rote Stadtverwaltung und schwerreiche Genossenschaften. Statt sich gegenseitig über den Haufen zu schießen, waschen die vier verschiedenen Mafias lieber die Drogengelder aus ganz Italien. Tortellini und Satanisten. Diese Stadt ist nicht das, was sie zu sein scheint, Inspektor, eine Hälfte der Stadt liegt stets im Verborgenen.

Die neue Mitbewohnerin des toten Mädchens: Stefania, fünfundzwanzig Jahre alt, dunkelblauer Pullover und weiße Bluse mit Spitzenkragen, perlenbesetzte Brosche und goldener Ehering, glattes, blondes Haar, Wirtschaftswissenschaften. Nein, sehen Sie, nach ein paar Tagen, da wusste ich schon, dass das Zusammenleben schwierig wird. Die: flippte jedes Mal aus, wenn mein Handy klingelte. Ich: den ganzen Tag Buddha und New Age lasse ich ja noch durchgehen, finde ich auch gut, weil es entspannt, aber ständig dieser Weihrauch, das machte mich wahnsinnig. Die: hing immer am Computer und suchte eine verwandte Seele im Internet, war so eine, die sich umbringen würde, wenn ein Komet vorbeikommt. Ich: In einer Woche fahre ich nach London, um mit einem Erasmusstipendium meinen Master in Marketing zu machen. Die Wohnung, in der sie jetzt lebte, hatte sie über eine Anzeige am schwarzen Brett gefunden: umgebautes Gästehaus, nur als Studiergelegenheit, aber wer überprüft das schon, zwei Zimmer mit Küche und Bad, zwei Millionen achthunderttausend im Monat, auf vier Mädchen verteilt, alle aus Pesaro, alle Wirtschaftswissenschaften. Das einzige Problem: wenn's klingelte, herauszufinden, wessen Handy es war.

Schnapp ihn.

Unter den Arkaden setzte Grazia sich zwischen zwei Säulen auf den Steinboden und ließ die Beine baumeln. Die Straße senkte sich dort so sehr ab, dass Grazia mit der Schuhspitze kaum den Asphalt erreichte. Sie wollte gerade die Arme auf die Knie stützen und sich vorbeugen, aber dann fiel ihr ein, dass hinten im Gürtel ja die Pistole steckte, und sie richtete sich wieder auf, damit die Waffe nicht unter der Bomberjacke hervorschaute. Sie drehte sich nach dem Fixer um, der auf den Stufen des Stadttheaters saß, aber er schien zu sehr damit beschäftigt, die Riemen eines Schlafsacks zu lösen, als dass er etwas mitbekommen hätte.

Schnapp ihn.

Schnapp ihn, Kleines.

Mist.

Diese Stadt, hatte Matera gesagt, ist nicht wie die anderen. Wissen Sie, Inspektor, Sie sagen: ›Die Universität, sehen wir uns mal in der Uni um, suchen wir unter den Studenten, durchstöbern wir ihre Bars, die Wohnheime, die Mensen‹ ... die Universität, Inspektor Negro? Die Universität? Das ist eine Parallelstadt, über die man noch weniger weiß. Studenten, die aus ganz Italien kommen und gehen, die Seminare schmeißen und plötzlich wieder hingehen, die bei Freunden und Verwandten schlafen, die untervermieten, aber immer schwarz und ohne Quittung und Ausweis. Wissen Sie eigentlich, dass es hier in den Siebzigerjahren von Terroristen nur so wimmelte, die haben sich alle in Bologna versteckt, und wissen Sie warum? Weil in jeder x-beliebigen Stadt ein komischer Typ mit komischem Akzent, der zu allen möglichen Tages- und Nachtzeiten im Haus ein- und ausgeht und den man nicht kennt, bei dem man nicht weiß, was er macht und wovon er lebt, und der mal verschwindet und mal wieder auftaucht, weil so ein Typ in jeder anderen Stadt auffallen würde, in jeder Stadt, nur nicht in Bologna. In Bologna gehört das zum Steckbrief des Durchschnittsstudenten. Die Universität, sagen Sie, Inspektor? Die Universität ist eine Stadt im Verborgenen.

Stefania, zuvor, als sie schon wieder im Treppenhaus waren: Jetzt fällt's mir wieder ein, da war ein großer, magerer Typ mit tausend Ringen, Gott, war das widerlich, bei dem war ich sogar mal zu Hause. Via Altaseta vier: oberstes Stockwerk. Nicola: siebenundzwanzig Jahre, klein, mollig, Anatomie II aufgeschlagen auf dem Küchentisch. Kein Piercing: Nein, tut mir Leid, aber damit habe ich nichts zu tun, ich bin hier nur vorübergehend. Diese Bude: hat mir ein Freund überlassen, solange ich mich aufs Examen vorbereite, denn wenn ich nicht durchkomme, muss ich zum Militär, und dann brauche ich mir in Bologna auch keine Wohnung zu suchen. Mein Freund: ist eigentlich gar kein Freund von mir, eher der Freund eines Freundes, den ich nur bei der Schlüsselübergabe gesehen habe. Ja: Er ist groß, überall Ringe. Ja: Mein Freund hat von ihm erzählt. Ja: Er hat mir erzählt, wie er genannt wird. Luther Blissett. Was das heißen soll: Sie wissen nicht, was Luther Blissett ist? Luther Blissett ist ein Kollektivname, den alle benutzen, die Leute machen was und unterschreiben dann mit diesem Namen, Künstler und Hacker und so. Eine praktische Identität: Wer Luther Blissett sagt, sagt so gut wie nichts.

Grazia sprang von dem Sockel auf und klopfte den Staub von der Hose. Hinter der Ecke des Theaters, wo die Straße sich zu einer betonierten Freifläche weitet, waren Matera und Sarrina zum Vorschein gekommen. Zwischen ihnen ging Rahim, einundzwanzig Jahre, Tunesier, Illegaler und Dealer, den sie ohne Grazia hinter den Graffitis der Stadtmauer ausgequetscht hatten, damit er vor einem Bullen, den er nicht kannte, nicht einen auf stumm machte. Ungeduldig hatte Grazia die ganze Zeit allein gewartet, und als Sarrina nun zu ihr hinsah und den Kopf schüttelte, stöhnte sie vor Enttäuschung auf, während Matera Rahim fixierte, mit ausgestrecktem Finger vor seinem Gesicht herumfuchtelte und jenen Blick aufsetzte, den Polizisten aufsetzen, wenn sie keine Fragen mehr haben, weil sie schon alles gefragt haben, aber trotzdem noch etwas herauskriegen wollen.

Wenn die Sonne untergeht, wenn sie endgültig hinter den Häusern verschwindet und so tief steht, dass sie unter die Erde gerutscht scheint, dann gehen auf der Piazza Verdi die Straßenlaternen an. Solange sie sich aufheizen, solange sie noch lauwarm sind, fahl und blass, bleibt das Licht oben, als ob es an den Glaskolben festklebt, und fällt nicht in die Arkaden, wo die Schatten dunkler sind als jeder andere Schatten und die Gewölbe schwarz.

Hören Sie auf mich, Inspektor, hatte Matera zu ihr gesagt. Diese Stadt ist nicht wie die anderen.

Der Tonfall der Veneter sei *singend*, sagt man, und das stimmt auch, weil ihre Stimmen sich heben und senken, als folgten sie dem Rhythmus eines Liedes. Auf und ab, auf und ab über den ganzen Satz, der oben in der Kehle entspringt und sich einen Weg durch die Nase bahnt, beiläufig wie eine Melodie, die man gedankenverloren vor sich hin summt. Dann scheinen sie sich plötzlich wieder an den Rhythmus zu erinnern, der Satz bricht ab und macht sozusagen einen Schlenker zurück.

»*Ma va' in mona! Lo sapevi che la macchina me serve perché xe lo sciopero dei treni e allora io come ghe torno a ca'?*« »Verdammter Mist! Du hast doch gewusst, dass ich das Auto brauche, weil die Bahn streikt, und wie komme ich jetzt nach Hause?«

Der Tonfall der Lombarden, der aus Bergamo zum Beispiel, sei *umkehrend*, sagt man, weil ihre Sätze zwar auch in einem Schlenker enden, aber knapper und härter. Man hat wirklich den Eindruck, als machten sie mittendrin kehrt, rasch und fast mit voller Stimme beginnen sie den Satz, betonen dann aber die vorletzte Silbe und biegen sie nach oben, sodass der Rest verpufft.

»*Sentí! La macchina mi servi-iva a mè e allora? E vienici anche te a senti-ire i Soundgarden, no?*« »Hör zu! Ich hab das Auto halt gebraucht, na und? Wieso kommst du nicht mit zu Soundgarden?«

Der Tonfall der Emilianer sei *gleitend*, sagt man, weil sich bei ihnen die Stimme auf den Vokalen öffnet, als ob sie darübergleitet, sie auswalzt und von innen heraus dehnt, als würde man den Finger in weichem Kuchenteig kreisen lassen. Wenn sie aus Parma sind, dann rollen sie das R, und wenn sie aus Modena oder Carpi sind, dann hacken sie manchmal das O der letzten Silbe ab, kurz und hart.

»*Eh, soccia che marraaglio... adesso mi chieedi i biglietti per i Soundgaaarrrden? Eh, fiiiga!*« »Jetzt hör dir den an... soll ich jetzt auch noch die Karten besorgen? Na toll!«

Der Tonfall der Ligurer sei *strömend*, sagt man, weil sie am

Satzanfang häufig stocken, als wollten sie Atem holen, dann aber losbrechen. Eins ans andere geklebt sprudeln die Wörter nur so hervor, als versuchten sie einander zu fangen, bis die Stimme dann schlagartig innehält und sich auf dem letzten Vokal in zwei Noten hebt und senkt.

»*Eh belín! E devochiederallaradioibibliettiancheperté-e?*« »Mein lieber Mann! Ja, soll ich etwa wegen deinen Karten noch mal beim Radio anrufen?«

Der Tonfall der Römer sei *abgehackt*, sagt man, und das stimmt auch, sie schneiden die Wörter ab. Manchmal dehnen sie sie aber auch, ziehen sie sich wie Fäden aus dem Mund. »*A Marcooo! Che stai a dí? La macchina 'ndo' stà?*« »He Marco! Was ist? Wo steht das Auto überhaupt?«, wie ein Stöckchen, das zerbricht, aber noch durch einen Splitter oder eine Rindenfaser verbunden bleibt.

Singend, abgehackt, gleitend kommen die Stimmen der Stadt aus den Lautsprechern meines Scanners und umschwirren mich, vermischen sich, verbinden sich und laufen an mir herunter wie Wasser, das durch die Finger in den Abfluss gurgelt. Und ich bin mittendrin, auf meinem Stuhl mit den Rollen, und drehe mich um mich selbst, umgeben von Wörtern, immer schneller und schneller und schneller.

Das letzte Blatt ist ein A4-Vordruck mit weißen und grauen Zeilen, an den Rändern gezacktes Endlospapier. Oben aufgedruckt das Wappen der Republik Italien.

Darunter, von den ungestümen Spitzen eines Nadeldruckers durchbohrt: Befragung des Verdächtigen Deianna, Lorenzo (Abschrift).

Quer darüber Vittorios Handschrift: *bingo!*

Staatsanwältin Monti: Eins, zwei, drei, Test... eins, zwei, drei, Test... funktioniert das Gerät? Können wir anfangen? Also, am 17. März 1997 ist vor uns, der Staatsanwältin von Bologna Patrizia Monti und dem Kriminalhauptkommissar Vittorio Poletto, erschienen Deianna, Lorenzo, 35 Jahre, gegen den unter anderem ermittelt wird wegen sexuellen Missbrauchs Minderjähriger...

Deianna: He, Moment mal! Wir hatten doch abgemacht, dass der sexuelle Missbrauch Minderjähriger nicht mehr existiert!

Monti: Bitte, Signor Deianna... wir müssen die Form wahren. Warten Sie, bis ich damit fertig bin, dann können wir uns darüber unterhalten, welche Straftaten existieren und welche nicht. Also, ich fahre fort... sexueller Missbrauch Minderjähriger, Zuhälterei, unsittliche Handlungen in der Öffentlichkeit, Tierquälerei und Entweihung sakraler Gegenstände. Ich weise Sie in aller Form darauf hin, dass Sie das Recht haben, die Aussage zu verweigern. Beabsichtigen Sie, von diesem Recht Gebrauch zu machen, Signor Deianna?

Deianna: Ich? Natürlich nicht. Deswegen bin ich doch hier. Wir sind uns doch einig, nicht?

Monti: Einig ist nicht das richtige Wort, Signor Deianna. Sagen wir, wir erledigen hier die Präliminarien, um Ihren Antrag auf Kronzeugenstatus zu prüfen...

Hauptkommissar Poletto: Entschuldigen Sie, Dottoressa... könnten wir nicht zur Sache kommen? Ich habe nicht viel Zeit...

Monti: Schauen Sie, Herr Kommissar, es handelt sich hier um ein Verfahren, an das wir uns unbedingt...

Deianna: Also, diesen Typ habe ich vielleicht dreimal gesehen. Das erste Mal wird so im September '94 gewesen sein. Er sagte, dass er sich für Satanismus interessiert, aber es war sonnenklar, dass er keinen blassen Schimmer davon hatte. Das war so einer, der sich in Sekten rumtreibt. *Zeugen Jehovas, Sai Baba...*

Poletto: Wie, sagte er, hieß er?

Deianna: Weiß ich nicht mehr. Irgendein Name. Jedenfalls kommt er ein paar Monate später wieder und sagt, dass er bei einer schwarzen Messe dabei sein will. Weil er Satan um was bitten will. Wir verlangen eine halbe Million als Gebühr, und er lässt einen Vorschuss von hunderttausend für eine rituelle Reinigung da. Zwei Nächte drauf sind wir in Armarolo di Budrio, in so einem abgelegenen Haus, mit fünf, sechs anderen Eingeweihten, die für eine Messe mit Jungfrau und sexuellem Ritus geblecht haben, aber der Typ lässt sich nicht blicken. Herr Richter, ich hab nicht gewusst, dass das Mädchen minderjährig war, und ich schwöre, ich hab die Kleine nicht angefasst!

Monti: Signor Deianna, das Mädchen behauptet steif und fest, dass sie unter Drogen gesetzt wurde und dass Sie...

Poletto: Was wollte er von Satan?

Deianna: Wie bitte?

Poletto: Der Typ. Er wollte Satan um was bitten. Um was?

Deianna: Ach so... na, wissen Sie, das habe ich selbst nicht kapiert. Ziemlich komisch, das Ganze. *Er wollte ihn bitten, dass er doch aufhören soll, die Glocken zu läuten.*

Vittorio. In Blockschrift, senkrecht am Papierrand entlang:
Sai Baba, Zeugen Jehovas…
Und die Glocken. Er will, dass Satan aufhört, die Glocken zu läuten.

Vittorio. Auf der Rückseite des Blattes. Hastige, schräge Buchstaben, aber kleiner und gedrängter. Die Zeilen knicken leicht nach unten weg, schief, verblasst an den Stellen, wo die Handkante sich beim Schreiben zu lange auf den dicken Filzstiftstrichen abgestützt hat. Hier und da ein durchgestrichenes Wort.

Davor flieht er also. Davor hat er also Angst. Was er hört, was er mit dem Kopfhörer zu überdecken versucht und was er, wenn er allein ist, vor sich hin flüstert wie einer, dem eine Melodie nicht mehr aus dem Kopf geht, sind die Glocken.
Die Satansglocken.
Und weißt du, was es mit den Glocken auf sich hat, Inspektor? Weißt du, wofür diese Höhle, in die ein Klöppel eingeführt wird, in der Psychologie steht, weißt du, was dieser wellenartige Rhythmus, dieses Dong Dong Dong *der Glocken bedeutet? (Du bist rot geworden, Kleines, ich weiß es.)*
Es sind die Glocken der Sünde, des Todes, *es sind die Glocken der Hölle, die dich erwarten, wenn du stirbst.*
Unser Leguan mag nicht in die Hölle, und deshalb versucht er ihr aus dem Weg zu gehen, er versucht, der Verabredung mit den Glocken aus dem Weg zu gehen.
Und weißt du, wie, Kleines?
Durch Reinkarnation.
Der Leguan treibt sich in Sekten herum, aber nur in solchen, die in irgendeiner Form an Reinkarnation *glauben. Und genau das tut er, nachdem er die Leute getötet hat, er schlüpft in einen anderen Körper, und zwar auf seine Weise, schneller und ohne eine ganze Lebens-*

spanne abzuwarten. Er zieht sich nackt aus und malt sich eine Maske aus Kreisen aufs Gesicht, wie eine Maori-Tätowierung. Er häutet sich wie ein Leguan von den Galapagos-Inseln. Ein primitiver Wilder, ein Dinosaurier, ein Drache, der bereit ist, eine höhere Entwicklungsstufe zu erreichen (höher?).

Die Opfer werden immer jünger, weil der Leguan sich dem Altern verweigert, er verweigert die sexuelle Reifung, weil sie ihm Angst einjagt, er verweigert den TOD. Er will UNSTERBLICH sein.

Vielleicht versucht er auch nur, auf andere Weise erwachsen zu werden.

Weiter unten, an den gezahnten Blattrand gequetscht. Mit Kugelschreiber. Rot.

Ist das nicht lächerlich, Inspektor Negro?
Wir wissen alles, aber das nützt uns gar nichts.
Wer ist er jetzt?
Was tut er gerade?
Wie sieht er aus?

Bitte, Glocken, läutet nicht so laut, ausgerechnet jetzt, wo ich den Kopfhörer absetzen muss.

Bitte, Glocken, bitte.

Nein?

Dann drehe ich eben die Anlage auf dem Regalbrett auf, und es ist mir völlig egal, ob mir die Lautsprechermembranen um die Ohren fliegen. Nine Inch Nails, Mr. *Self Destruct*.

Da ist ein Hammer, ein Hammer aus Stahl, so laut, als wollte er etwas in die Wand rammen, langsam zuerst, ein Schlag nach dem anderen, dann immer schneller. Auf jeden Schlag antwortet ein platschendes Dröhnen, als würde wirklich ein Hammer auf die Bodenfliesen einschlagen, auf denen das Wasser steht. Dann explodiert die Musik in einem verzerrten Krächzen, als würden tausend wild gewordene Fingernägel die beschlagene Decke zerkratzen und dabei auf den glänzenden Kacheln dieses Badezimmers Teller zerdeppern, und mittendrin, in dem chaotischen Wirrwarr der Töne, flüstert eine warme, lächelnde Stimme.

I am the voice inside your head, I am the lover in your bed, I am the sex that you provide, I am the hate you try to hide ... and I control you. Ich bin die Stimme in deinem Kopf, ich bin der Liebhaber in deinem Bett, ich bin der Sex, den du dir besorgst, ich bin der Hass, den du zu verbergen versuchst ... und ich habe dich in der Gewalt.

Ich lege eine Hand auf den beschlagenen Spiegel und bewege sie im Kreis, bis ich ein Loch so weit freigewischt habe, dass ich mich sehen kann. Ich halte mein Gesicht davor, bevor das heiße Wasser, das in Badewanne, Waschbecken und Dusche läuft, das Loch wieder mit dichtem, zartem Schleier bedeckt. Das Blut auf meinem Kopf ist geronnen, und wenn ich mit den Nägeln daran kratze, geht der Schorf ab, die Haut darunter ist nur leicht gerötet. Die Krusten auf Brust und Schenkeln sind noch zu frisch, also berühre ich sie nicht. Die zwischen den Beinen schmerzen. Die Klinge war alt, und außerdem rasiere ich mich sonst nie kahl.

Nine Inch Nails, *Heresy*.

Der Hammer, der auf das Wasser einschlägt, ist immer noch da, genauso wie die Stimme, die durch den aufgerissenen Mund brüllt, als ob die Wörter direkt aus der Kehle kämen. *Your God is dead and no one cares, if there is a Hell I will see you there*. Dein Gott ist tot und keinen schert's, wenn es eine Hölle gibt, sehen wir uns da.

Dong, dong, dong. ...leise, Glocken, seid doch leise.

Ich fahre mit der Hand über das Spiegelglas, das jetzt wieder beschlagen ist, ich gehe noch näher heran und drehe den Kopf von einer Seite zur anderen. Die Nadeln, die ich mir durch die Ohrläppchen gebohrt habe, die, die ich durch die Augenbrauen und ein Nasenloch gesteckt habe, tun weh, aber nicht sehr. Ich habe nichts anderes in der Wohnung gefunden, aber ich konnte mir die Löcher doch nicht direkt mit den Ringen durchstechen, denn die Ringe sind ganz dünn und dringen nicht tief genug ein. Aber jetzt, wo die Nadeln erst mal drin sind, ist es gut, also drücke ich mit zwei Fingern die Haut an einer Augenbraue zusammen, hebe sie an und ziehe sie nach vorn, aua, dann ziehe ich eine Nadel heraus, aua, biege einen Ring auseinander und stecke das eine Ende in das Loch, drücke nach unten, aua!, ich drehe und passe auf, dass ich nicht mit den Lidern zucke oder die Stirn runzle, obwohl es verdammt brennt, denn sonst ist es noch schmerzhafter. Runde, rote Tropfen fallen in das heiße Wasser im Waschbecken, lösen sich auf und verblassen, bevor sie rasch über den Rand aus weißen Kacheln gleiten. Dasselbe mache ich mit der anderen Augenbraue, aua, es ist schwieriger, weil es die linke ist und ich ziemlich fertig bin. Es tut weh, sehr weh, fast als würde der Ring über den Knochen schaben, aber ich drücke fester, mein Handgelenk zittert vor Schmerz und Anspannung, ICH DRÜCKE FESTER, und der Ring geht durch. Bei den Ohren geht es leichter, und bei der Nase spüre ich praktisch nichts mehr.

Kaltes Wasser in das Feuer auf meinem Gesicht. Ich drehe dem Spiegel den Rücken zu und lehne mich mit nacktem Hintern gegen das Waschbecken. Beim letzten Loch muss ich mich nicht im Spiegel sehen. Er ist dort vorne, wenn ich nach unten zwischen die Beine schaue, kann ich ihn sehen. Er pulsiert, rot und geschwollen, krümmt sich wie ein Fisch auf einem Bratenspieß.

Nine Inch Nails, *I Do Not Want This.*

Die Stimme schreit von unten, aus dem Wasser heraus, aus der Haut, reißt unter einer Zellophanmembran, die ihr Gesicht zusammenschnürt, den Mund auf und schreit. *Don't you tell me how I feel, you don't know just how I feel...* sag mir nicht, wie ich mich fühle, du weißt überhaupt nicht, wie ich mich fühle...

Da unten tut es weh. TUT WEH. TUT WEH!

Zusammengekrümmt knie ich auf dem Fußboden und keuche wegen der Schmerzen in meinem Bauch. Vorher, als ich mir die brennende Zigarette auf der Hüfte ausgedrückt habe, tat es nicht so weh. Bei dem Geruch der brennenden Haut, dem Zischen des Fleisches musste ich die Augen zukneifen, aber es hat nicht so wehgetan. Das Wasser auf den Fliesen ist eiskalt und jagt mir eine Gänsehaut über die Beine. Es steht mindestens fingerhoch, aber ich lasse die Wasserhähne trotzdem auf, damit der kochend heiße Dampf das Zimmer erfüllt und mich wärmt, denn wie immer, wenn ich in einen neuen Körper schlüpfe, bin ich nackt und friere.

Dong, dong, dong...

Vom Regalbrett über dem Waschbecken drängt sich das Klingeln des Handys zwischen die Glocken und kratzt mich im Genick wie ein dünner Fingernagel. Ich hebe die Hand und nehme es.

»Ja?«

»Hier ist Paola. Bist du's, Vopo?«

»Ja.«

»Deine Stimme klingt so komisch... was ist denn das für ein Chaos? Hörst du Radio unter der Dusche?«

»Mehr oder weniger.«

»Wie bist du denn drauf... bist du stoned? Hör mal, wir gehen heute Abend ins Teatro Alternativo. Mauro macht bei so einer Jazzgeschichte mit. Kommst du mit?«

»Ja, ich komme.«

»Kommst du auch wirklich? Denkst du dran?«

»Ja. Heute Abend. Teatro Alternativo. Okay.«

Nine Inch Nails, *Reptile*.

Angels bleed from the tainted touch of my caress, need to contaminate to alleviate this loneliness... my desease, my infection, I am so impure... Die Engel bluten bei meiner unreinen Liebkosung, ich muss mich besudeln, um diese Einsamkeit zu lindern... meine Krankheit, meine Infektion, ich bin so unrein...

Ich lege das Telefon auf das Regalbrett zurück, fahre mit beiden Händen über den Spiegel und betrachte mich, bis der Dampf mich nach und nach auslöscht. Das Tier, das in mir ist, rast unter der Haut. Es kreist um den Nabel und lässt den Bauch anschwellen, der sich dehnt und vorschiebt, dann steigt es höher und rast in der Kehle und unter der Gesichtshaut, die sich über den Jochbeinen hebt und unter den Augen zu bläulichen Ringen verdichtet. Es drückt gegen die Lippen, die gekräuselt vorstehen, wenn ich den Mund jetzt öffnen würde, denke ich, würde ich es vielleicht sehen, das Tier, das ich in mir habe, würde es im Spiegel sehen, aber ich habe Angst und tue es nicht. Mit einem dumpfen Ton schlucke ich es runter, hinunter in die Kehle, und ich atme die Luft, die kalt ist vom Wasser und heiß vom Dampf.

Ich muss mir das Foto auf dem Personalausweis ansehen, den ich im Spiegelrahmen festgeklemmt habe, obwohl es klein ist und man nicht viel erkennt. Der andere schwimmt zwar dort in der überlaufenden Badewanne, Arme und Beine hängen schon über den Rand, aber er hat kein Gesicht mehr. Dafür sind der kahle Kopf, die Tränensäcke und die fleischigen Lippen deutlich auf dem Personalausweis zu erkennen, und wo die Ringe saßen, die ich ihm ausgerissen habe, daran erinnere ich mich halbwegs. Die kahle Brust und die haarlosen Beine dagegen sind noch gut zu sehen, genauso wie die runde Narbe an seiner Hüfte.

Ich kann gerade noch einen Blick auf mich werfen, bevor der Dampf den Spiegel vollkommen beschlägt.

Wir sind gleich.

Nur die Glocken, *dong, dong, dong*… die Glocken höre ich noch immer.

Von draußen, von der Treppe aus, hörte Simones Mansarde sich an wie ein Dorfplatz, wenn Markttag ist. Stimmen, Klänge und Geräusche überlagerten sich unterschiedslos, überdeckten und vermischten sich. Durch die geschlossene Tür war nur ein Gebrumme zu hören, aber leise, wie gedämpft, sodass Grazia einen Augenblick lang dachte, sie habe eine Straße vor sich, eine unsichtbare Straße allerdings, auf der alles, Menschen, Autos, Mofas, Hintergrundmusik und Sirenen, leise brauste. Und doch war es nur ein Zimmer, Simones Mansarde, ein längliches Viereck mit vorstehenden Dachbalken über einem Sofa und drei kleinen, aufs Dach gehenden Fenstern. Auf dem Plattenteller Chet Baker, ganz leise, fast wie ein Windhauch, *Almost Blue*. Die Ellbogen auf den Tisch und das Kinn in die Hände gestützt, saß Simone fast auf der Kante des Drehstuhls. Dazu acht Scanner, allesamt eingeschaltet, allesamt in Aktion, alle auf weniger als ein Drittel der Lautstärke eingestellt.

Als Grazia hereinkam, summte Simone gerade vor sich hin, mit geschlossenem Mund. Aber nicht *Almost Blue*.

Summertime.

»Was ist los ... bist du glücklich?«

»Nein.«

Simone löste sich vom Tisch, stemmte die Hände auf die Armstützen und lehnte sich steif nach hinten. Er stellte die Füße auf den Boden und begann sich langsam, aber beharrlich hin und her zu wiegen. Grazia lächelte, als sie die Röte in seinem Gesicht bemerkte.

»Also nicht«, sagte sie. »Ich auch nicht. Ich bin wie eine Verrückte durch ganz Bologna gerannt, ohne dass etwas dabei herumgekommen wäre. Ich bin müde. Macht's dir was aus, wenn ich ein bisschen zusehe, was du so treibst? Nicht, dass du unsere einzige Hoffnung wärst, aber ...«

Simone straffte die Schultern, beugte sich vor und ging mit dem Gesicht nah an die Scanner auf dem Tisch heran, fast als wolle er den Kopf in dieses Gewirr aus Drähten und Stimmen stecken. Grazia setzte sich auf das Sofa, zog die Bomberjacke aus und ließ sich seufzend in die Polster sinken. Sie betrachtete Simone, das braune Haar, das achtlos nach hinten gestrichen war, gerade so weit, dass es die Stirn frei ließ, die misstrauisch zusammengekniffenen Lippen und das Auge mit den fast geschlossenen Lidern, das seinem Gesicht einen asymmetrischen, fast schiefen Zuschnitt gab. Sie sah zu, wie seine Finger über die Scannerknöpfe fuhren und mit einer raschen Bewegung der Fingerspitze die Frequenzen wechselten.

Siena Monza 51, wir fahren hi...

Francesca! Wo zum Teufel steckst du? Ich warte jetzt schon eine Stun...

Mephisto? Hier ist Santana, ich verlasse gerade die Mautstelle Mod...

Warte, da fährt gerade ein Auto vorbei... ich bin jetzt in Forlì, aber ich finde den Weg ni...

Nein, du störst mich nicht... ich bin im Zug, ich fahre nach Imola, mal seh...

»Wie stellst du es an, die alle zu verfolgen?«

»Ich verfolge sie nicht. Ich lausche und Schluss. Ich suche die Stimme.«

»Bist du sicher, dass du dich noch an sie erinnerst?«

»Ja.«

»Entschuldige. Ich wollte damit nicht sagen... aber, hör zu, sei nicht beleidigt, ich frage aus reiner Neugier: Wie war diese Stimme?«

»Grün.«

»Grün?«

»Kalt, verstellt, gepresst... als ob er sie zurückhalten müsste, damit sie ihm nicht von der Zunge rutscht. Als wäre da noch etwas, das sich darunter bewegt.«

»Und warum grün?«

»Wegen dem R. Weil es ein reibendes Wort ist und ich Dinge, die reiben, nicht mag. Es war eine hässliche Stimme. Eine grüne Stimme.«

»Aha. Und meine, welche Farbe hat meine Stimme?«

Simone presste die Lippen zusammen und streckte den Kopf noch weiter vor. Bevor er wieder in die Kabel und Stimmen eintauchte, sagte er: »Blau«, aber rasch und so leise, dass Grazia es mit Sicherheit nicht mitbekam.

Telecom Italia Mobile. Der gewünschte Teilnehmer ist momentan nicht erreichbar.

Omnitel. Wir verbinden. Bitte war…

Telecom Italia Mobile. Der gewünschte Teilnehmer hat sein Telefon ausgeschaltet. Bitte versuchen Sie es zu einem späteren Zeitpun…

»Macht's dir was aus, wenn ich mir die Schuhe ausziehe? Ich glaube nicht, dass das viel an der Geruchslage ändert, weil ich heute morgen geduscht habe, aber ich bin schon den ganzen Tag auf den Beinen und deshalb…«

Mit zwei Fingern hob Grazia den T-Shirt-Kragen an, zog die Schultern zusammen und steckte die Nase hinein. Rasch betastete sie den Jeansstoff zwischen den Beinen und überlegte kurz, ob sie am Morgen einen Tampon benutzt hatte, ihre Tage waren nämlich fast vorbei, dann gab sie sich einen Ruck, löste sich aus den Polstern und beugte sich vor, um die Turnschuhe aufzubinden.

Chet Bakers Stimme aus den Boxen der Stereoanlage.

Das schrille, modulierte Pfeifen einer Faxübermittlung. Das dichte, gekräuselte Brummen eines Handys, dessen Batterie leer war. Die künstlichen Noten von Ravels *Bolero* aus einem Anrufbeantworter.

Chet Bakers Trompete aus den Boxen der Stereoanlage.

»Was gibt's?«, fragte Grazia aufgescheucht. Simone hatte den Kopf gehoben und auf dem starren Hals zur Seite gedreht, als ob er etwas suchte. Sobald er ihre Stimme hörte, hielt er inne und lauschte mit dem linken Ohr in ihre Richtung.

»Nichts«, sagte er. »Ich habe dich nicht mehr gehört.«

»Ich bin hier«, antwortete Grazia, die hinter ihm stand. Sie streckte die Hand aus und berührte seinen Arm, aber Simone wich ihr aus, rutschte unmerklich an der Stuhllehne zur Seite. Er begann wieder, sich auf dem Stuhl zu wiegen, langsam und nervös. Als Grazia näher trat und den Unterarm auf die Stuhllehne legte, hörte er damit auf. Sie hob ein Bein und setzte sich auf die Armlehne, hielt sich mit einer Hand an der Tischkante fest, um im Gleichgewicht zu bleiben. Sie bemerkte, dass Simone die Nasenflügel blähte, und aus lauter Verlegenheit wollte sie wieder weggehen.

»Ja, ich weiß. Ich hab dir doch gesagt, dass ich den ganzen Tag auf den Beinen war...«

»Nein«, sagte er hastig und hob die Hand, ließ sie dann aber knapp vor Grazias Gesicht in der Luft schweben. »Das stört mich nicht. Aber da ist ein Geruch, den ich nicht verstehe. Wie Öl.«

Instinktiv legte Grazia die Hand an den Rücken, auf das Halfter an ihrem Gürtel.

»Das ist die Pistole«, sagte sie.

»Ach so.«

Simone legte das Gesicht auf die linke Schulter, zu Grazia hin, rutschte an der Stuhllehne herunter und schnupperte.

»Gummi. Du hast Turnschuhe angehabt.«

»Ja, aber bring mich bitte nicht in Verlegenheit...«

»Rauch.«

»Ja, aber der stammt nicht von mir. Das ist die Bomberjacke, sie nimmt jeden Geruch an, und dann schleppst du ihn mit dir herum. Matera und Sarrina rauchen beide.«

»Geruch von Haut, kräftig und ein bisschen bitter. Geruch von warmem Stoff, ein Baumwoll-T-Shirt vielleicht. Und dann noch etwas Saures und ein bisschen Süßes... aber schwach, schwächer als das erste Mal, als du da warst.«

»Hör zu, ich fühl mich ganz schön beschissen...«

»Und außerdem noch *Summertime*...«

»Verdammt, das stimmt!«

Grazia sang die ersten Noten, *na na naan*, schief und aus dem Takt, aber es war zu erkennen. Sie stieß sich vom Boden ab und gab dem Stuhl einen Schubs, dass Simone hin und her pendelte. Auch er lächelte, diesmal frei.

»*Weißer Moschus*. Ich habe es eigentlich nur deshalb gekauft, weil mir das Lied gefiel. Mensch, Simone... du siehst aus wie in dem Film, ich weiß nicht, ob du ihn...«

Gesehen hast, wollte sie sagen, doch sie brach ab und biss sich auf die Unterlippe. Aber Simone zuckte nur mit den Achseln und schüttelte den Kopf, das Lächeln blieb.

»Nein«, sagte er, »den habe ich nicht gesehen. Weißt du, ich gehe nicht oft ins Kino.«

Grazia lächelte und sah Simone wieder an, sein asymmetrisches Gesicht, das halb geschlossene Auge, das sie nicht sah, sie nicht musterte, das weder forderte noch fragte. Als sie die Mansarde betreten und sich auf das Sofa gesetzt hatte, war sie einen Augenblick lang erleichtert gewesen, fast ruhig, obwohl sie doch gerade dabei war, in einer verborgenen Stadt einem Gespenst hinterherzujagen, und sie hatte gedacht, dass das bestimmt nur von der physischen Erleichterung kam, sich nach einem Tag auf den Beinen hinsetzen und die Schuhe ausziehen zu können. Doch jetzt, als sie Simone ansah, dachte sie, dass es vielleicht seinetwegen war. Weil sie mit jemandem zusammen sein konnte, ohne dass dieser sie anstarrte, ironisch oder väterlich, aber immer mit einer Forderung im Blick, *zieh dich doch mal an wie eine Frau, bleib bei mir und hilf mir in der Bar, schnapp ihn, Kleines.* Bei Simone war das anders. Er beobachtete nicht, er starrte nicht, er forderte nichts. Er hörte zu und Schluss. Er hörte ihr beim Sprechen zu.

Instinktiv wurde ihre Stimme sanfter, sie versuchte so freundlich wie möglich zu sprechen, weniger unbeherrscht und grob als sonst.

»Abgesehen vom Kino«, sagte sie, »was machst du sonst so, Simò?«

»Ich höre dem Scanner zu. Ich lausche auf die Stimmen der Stadt.«

»Gut. Und sonst?«

»Sonst nichts.«

»Gehst du nie aus? Du wirst doch irgendwohin gehen, oder?«

Simone hörte auf zu lächeln. Er stützte sich mit den Armen auf die Tischkante und tauchte wieder in die Kabel ein, seine Finger fuhren rasch über die Scannerknöpfe wie über die Tasten eines Klaviers.

»Nein«, erwiderte er.

Ich hab mit den Mädels ausgemacht, dass wir uns so gegen zehn im Paradiso tref…

Lalla wartet im Restau…

Sag mir eine Zeit, wann wir uns seh…

Hier ist Paola, bist du's, Vo…

Ich auch nicht, dachte Grazia. Abgesehen von einer Pizza ab und zu und einem Film mit einem Kollegen von der Ausländerpolizei, aber das konnte man nicht wirklich als Ausgehen bezeichnen.

»Aber du wirst dich doch ab und zu mit jemandem treffen, oder? Was weiß ich, Simò… mit Freunden…«

»Nein.«

Hör mal, wir gehen heute Abe…

Ich auch nicht, dachte Grazia. Abgesehen von Vittorio und den Kameraden von der Ausbildung, aber mit denen war sie nicht wirklich befreundet.

»Und eine Freundin, Simò? Hast du eine Freundin?«

»Nein.«

Simone streckte den Kopf noch weiter vor, hinein in die Stimmen, hinein in das Summen. Dann drehte er das Gesicht zur linken Schulter.

»Und du?«, fragte er leise.

Grazia zog eine Grimasse und schüttelte den Kopf.

»Ich? Nein, im Moment nicht. Ich denke hauptsächlich an die Arbeit und… was ist los?«

Simone war so hastig aufgefahren, dass sie mit dem Bein von der Armlehne rutschte. Er hatte den Kopf zur anderen Seite gedreht, zu dem rechten Scanner. Hatte eine Hand ausgestreckt und Grazias Arm so fest gedrückt, dass er ihr wehtat.

Ja, ich komme.

Kommst du auch wirklich? Denkst du dran?

Ja. Heute Abend. Teatro Alternativo. Okay.

Brummen. Das Klicken, als die Verbindung unterbrochen wurde, und das Kratzen des leeren Äthers. Simone fuhr mit den Fingern über die Scannertasten und schaltete alle aus, alle bis auf den rechten.

Brummen. Runzliges, grünes Brummen.

Grazia rührte sich, auf den weißen Socken schlidderte sie zum Bett, wo die Bomberjacke lag. Sie zog das Handy aus der Tasche und wählte blitzschnell die Nummer, während sie gewaltsam einen Turnschuh anzuziehen versuchte, der mit der Sohle nach oben auf dem Fußboden lag.

»Hallo, Matera?«, schrie sie fast, dann richtete sie einen Finger mit kurzem, rundem Nagel auf Simone: »Heute Abend machen wir mal eine Ausnahme, Simò. Heute Abend gehen wir beide aus.«

Unter den Schuhsohlen schmale, hervorstehende Leisten, weich und griffig über einer harten, leicht ansteigenden Oberfläche: eine Gummimatte über einer Betonrampe. Ringsherum die frische, freie Abendluft, die ich wärmer und schwerer auf dem Gesicht spüre, als die Steigung endet: Vor mir, am Ende der Rampe, liegt die geöffnete Eingangstür. Weiter drinnen, noch gedämpft, vom Verkehrslärm hinter mir und von einer Stimme (ein Bass links von mir: »Bist du Mitglied? Macht zehntausend.«) überdeckt, das ferne Blasen eines Saxophons: das Teatro Alternativo in der Via Irnerio.

Ich lasse den Fuß über die jetzt wieder betonraue Fläche schleifen und stoße mit der Schuhspitze gegen eine Stufe. Bei so einer Tür gibt es immer eine Stufe an der Schwelle, aber Grazia merkt es nicht und stolpert darüber. Um nicht zu fallen, hält sie sich an meinem Arm fest und flüstert: »Entschuldige«, und dann: »Komm, da hinten ist Matera.«

Drinnen riecht es nach Rauch, trockener Rauch und süßer Rauch. Geruch von Wärme, von staubigem Beton, feucht und säuerlich von Wandfarbe. Geruch von Papier. Mit der Fingerspitze fahre ich an der Wand entlang und spüre unter der Haut die glatte, weiche Oberfläche von Papier, das an der Wand klebt. Geruch von Wein. Bitterer Geruch von Bier. Ein wilder Geruch, kräftig und schmutzig, fast unter mir. Ich ziehe Grazia, die mich führt, am Arm.

»Was ist? Mist... ich wäre fast auf einen schlafenden Hund getreten. Hier drin ist es so dunkel, dass ich fast glaube, du bewegst dich sicherer.«

Mit der Hüfte stoße ich gegen etwas Hartes. Ich lege die Hand darauf und spüre eine glatte, nasse Oberfläche mit runder Kante. Mit den Fingern fahre ich über die Kante, sie ist länger, als mein Arm reicht. Geruch von Wein. Bitterer Geruch von Bier. Eine Bartheke.

»Guten Abend, Signor Martini.« Raucheratems heisere Stimme bläst mir den süßlichen Geruch von altem Tabak ins Gesicht. Eine Hand drückt meine Schulter, dann wendet sich die Stimme ab. Sie flüstert, aber ich höre sie trotzdem.

»Keine Verstärkung, Inspektor.«

»Verdammt, Matera!«

»Ist Ihnen eigentlich klar, wo wir hier sind? Wissen Sie, warum das hier Teatro Alternativo heißt? Weil es ein besetzter Klub der Autonomen ist. Der Polizeipräsident sagt, dass er keine Polizisten hierher schickt, weil die sich nämlich nur blicken zu lassen brauchen, damit das Chaos ausbricht.«

»Verdammter Mist, Matera! Der Leguan ist hier!«

»Der Polizeipräsident meint, es muss sich erst mal erweisen, ob es den Leguan wirklich gibt. Jedenfalls kriegen wir keine Verstärkung. Wir sind zu dritt, Sie, ich und Sarrina, der schon im Saal ist, gleich hinter dem Vorhang.«

Grazia drückt meinen Arm, berührt mit den Lippen fast mein Ohr, und während sie auf mich einredet und mich entschlossen auf den rauen, dichten Geruch von Leinen zuschiebt, der eine immer näher kommende Trompete abdeckt, ziehe ich den Hals ein, wegen der Schauder.

»Keine Angst«, flüstert sie, »wir suchen jetzt einen Typ mit Kopfhörer, dann führe ich dich in seine Nähe, und Sarrina spricht ihn an. Wenn du ihn wieder erkennst, wenn es unser Mann mit der grünen Stimme ist, schnappen Matera und ich ihn uns und bringen ihn weg. Keine Sorge. Es ist völlig ungefährlich. Er wird dich nicht mal bemerken. Wir müssen nur einen Typ mit Kopfhörer finden und dann... oh, Mist!«

Grazia ließ den Arm sinken, und der Vorhang, der den Theatersaal von der Bar trennte, streifte über ihre Wange, eine raue, schroffe Liebkosung. Sie blinzelte und versuchte, sich so schnell wie möglich an die Dunkelheit zu gewöhnen, aber sie hatte sie schon ausgemacht. Es waren mindestens drei, die unter der blauen Funzel eines Notausgangs zu ihrer Rechten standen. Links von ihr lehnte noch einer an der Wand, spärlich von dem Licht beleuchtet, das durch die angelehnte Toilettentür einsickerte, daneben zwei Mädchen vor dem Mischpult, die gerade noch von dem rötlichen Widerschein der Arbeitslampe beleuchtet wurden. Weiter hinten, an der Bar, war noch einer, der mit dem Rücken an der mit Plakaten beklebten Wand lehnte und den Rest eines Joints in der Hand hielt, während ein anderer unter einem Graffito kniete und sich vorbeugte, um den Hund zu streicheln. Alle trugen Kopfhörer um den Hals oder hielten einen in der Hand, zierliche Kopfhörer mit runden Hörmuscheln und einer langen, verdrehten Schnur, die frei hin und her baumelte oder in einer Tasche verschwand.

»Jetzt sind wir ganz schön gelackmeiert, Inspektor«, sagte Sarrina. »Nebenan im Cineforum zeigen sie Filme in Originalversion mit Simultanübersetzung. Aber der Film heute war so ätzend, dass viele genervt waren und hergekommen sind. Die Kopfhörer haben sie behalten.«

Das Teatro Alternativo in Bologna ist ein kleines Amphitheater mit Betonstufen, die sich halbkreisförmig um eine Holzbühne hinaufziehen. Abgesehen vom Scheinwerferlicht auf der Bühne und von ein paar Lichtflecken zwischen den Pfeilern, die einen kurzen, höher gelegenen Gang abteilen, herrscht in dem Theater fast völlige Dunkelheit, in der man nur mit Mühe schwarze Gestalten, Räumlichkeiten und Bewegungen ausmachen kann. Aber auch so, in dieser tiefen Finsternis, die sich selbst dann nicht lichtet, wenn die Augen sich daran gewöhnen, auch so ist es unübersehbar, dass das Theater wie alle Lokale in Bologna am Abend voller Leute ist.

Sie sind gut. Die Trompete ist warm und voll und stößt runde Noten aus, die wie feste Blasen auf mir zerplatzen. Der Kontrabass vibriert in meinem Körper, Akkord um Akkord, ein Klavier schlüpft hinter mich, ganz sacht, als wollte es sich heimlich davonschleichen. Die Becken scheppern so ungestüm, dass es mir vorkommt, als könnte ich mich vorbeugen und die Ellbogen darauf stützen wie auf ein Fensterbrett. Das Sax, das ich zuvor gehört habe, ist in hartnäckigem Schweigen verschwunden.

Bebop. Ein schnelles Stück, das ich nicht kenne.

Es gefällt mir.

Ich will es Grazia gerade sagen, aber da spüre ich, dass sie angespannt neben mir steht. Sie seufzt auf, so feucht, dass es wie Schluchzen klingt, dann drückt sie meinen Arm und schubst mich nach vorn.

»Okay, scheiß drauf...«, sagt sie, »wir finden ihn trotzdem.«

»Entschuldigung, hast du eine Zigarette?«

»Nein, ehrlich, tut mir Leid, ist die Letzte.«

»Entschuldigung... weißt du, wer da spielt?«

»Marco Tamburini mit einer neuen Formation. Ich kenne nur das Sax, Mauro Manzoni.«

»Entschuldigung... weißt du, wie der Film hieß?«

»Ein absoluter Klassiker... die restaurierte Fassung von *Ugetsu Monogatari* von Mizoguchi...«

»Entschuldigung... weißt du, wo die Toilette ist?«

»Da.«

»Wo, da?«

»Hast du keine Augen? Steht doch an der Tür... da.«

»Entschuldigung... bist du der Bruder von Mirko?«

»Ich? Nein... wieso, kennen wir uns? Wie heißt du? He, warte doch mal... wie heißt du?«

»Entschuldigung... weißt du, wie viel Uhr wir haben?«

»Na, hör mal, wie soll man das denn bei dieser Dunkelheit sehen?«

Ich halte mich am Saum der Bomberjacke fest und folge Grazia durch die Menge. Ab und zu bleibt sie stehen und stellt jemandem eine Frage.
Ich lausche.
Gelbe Stimme, grell, flüssig und belegt, die Silben sind gedehnt, aneinander gehängt.
Rote Stimme, groß und voll. Tief und fett. Dick.
Azurblaue Stimme, die Z zerkrümeln und lösen sich auf, brummen farblos, dass sie fast wie S klingen.
Orangefarbene Stimme, sauer wie Zitrone, sauer wie eine Orange, deren Brennen einem den Mund zusammenzieht.
Violette Stimme, verschleiert und ärgerlich, hartnäckig wie ganz leichtes Fieber, das in den Knochen vibriert und nicht weggehen will.
Rosa Stimme, zart und zischend, die hinten in der Kehle etwas schleift und sacht aus dem Mund rutscht, als tröpfelte sie langsam von den Lippen.
Ich lausche.
Wenn ich die Stimme nicht wieder erkenne, zupfe ich einmal an der Bomberjacke, und wir gehen weiter. Wenn ich sie nicht genau gehört habe, ziehe ich zweimal, und Grazia stellt ihm noch eine Frage. Wenn er es ist, ziehe ich dreimal, rasch und entschieden.
Rote, azurblaue und rosa Stimmen.
Orangefarbene, graue und braune Stimmen.
Gelbe Stimmen.
Violette Stimmen.
Auch grüne Stimmen.
Aber seine Stimme ist nicht dabei.

»Willst du?«

Grazia hielt die Flasche vor Simones Gesicht, der verblüfft die Stirn in Falten legte.

»Entschuldigung. Es ist Bier. Willst du einen Schluck?«

»Nein, danke.«

»Vielleicht ist er ja noch nicht da. Vielleicht kommt er gar nicht. Vielleicht war er auf dem Klo, als wir im Gang waren, oder im Gang, als wir an der Bar waren, oder an der Bar, als wir auf dem Klo waren... er könnte unten im Amphitheater sein, stumm wie ein Fisch. Aber wenn er da ist, werde ich ihn finden. Sobald das Konzert aus ist und das Licht angeht, werde ich ihn finden und schnappen.«

Sie saßen auf einem Betonvorsprung. Eigentlich lehnten sie sich mehr an, als dass sie saßen, die gestreckten Beine auf den Boden gestemmt und den durchgedrückten Rücken an der Wand. Simone, der unsicherer war, hielt sich zudem mit den Händen an dem Vorsprung fest. Es war unbequem, sie mussten nicht stehen, immerhin, aber unbequem war es trotzdem. Doch von dort aus konnten sie kontrollieren, wer das Theater betrat oder verließ. Wer das Theater betrat oder verließ, stolperte fast über ihre Beine, und wenn er einen Kopfhörer hatte, einen Walkman oder sogar nur eine Mütze, dann fragte Grazia ihn nach einer Zigarette, jedes Mal nach einer Zigarette, weil sie inzwischen nicht mehr wusste, was sie sich noch ausdenken sollte, und Simone lauschte. Dann drückte Grazia die Zigaretten sofort an der Wand aus und ließ sie zwischen die steifen Beine fallen, sie rauchte ja gar nicht. Sobald sie sich gesetzt und Simone geholfen hatte, den Vorsprung zu finden, war Sarrina dazugekommen und hatte gefragt, ob sie ein Bier wolle. Als er zurückkam, hielt er die Flasche hinter dem Rücken und gab sie ihr rasch und unauffällig. Dann beugte er sich leicht vor und flüsterte: »Wir sind aufgeflogen. Einer von den Gästen gehörte zu den Autonomen, die wir nach dem Anschlag auf die Feltrinelli-Buchhandlung verhaftet haben, er hat mich und Matera wieder erkannt. Wir verziehen uns nach draußen und halten uns dort bereit, sonst ist hier gleich der Teufel los.«

»Willst du wirklich nichts?«

»Nein, danke. Wirklich nichts.«

Grazia setzte die Flasche an die Lippen und legte den Kopf nach hinten. Sie nahm einen großen, schaumigen Schluck, Tropfen liefen ihr über die Mundwinkel und glitzerten auf ihrem Handrücken, mit dem sie sich rasch über die Lippen fuhr. Sie schloss die Augen, stützte die Wange in die Handfläche, stemmte einen Ellbogen aufs Knie und seufzte. Sie fühlte sich müde. Verschwitzt und müde. Am liebsten hätte sie die Jacke ausgezogen, die Jeans abgestreift, die Schuhe in die Ecke gepfeffert und sich unter die Dusche gestellt. Am liebsten hätte sie sich unter den kalten Wasserstrahl gestellt, den Hals auf die Seite gelegt und sich das Wasser durch die Ohren in den Kopf laufen lassen. Am liebsten hätte sie Urlaub gemacht. Wäre nach Hause zu ihrer Familie in Lecce gefahren und hätte im Meer gebadet. Wäre an den Strand gefahren, hätte Simone im Schatten der Badekabine zurückgelassen und wäre mit nackten Füßen über den glühenden Sand ans Meer gehüpft.

Simone. Normalerweise, wenn sie an so etwas dachte, an ihren Strand, lag Vittorio neben ihr in der Sonne, im Sand ausgestreckt, die Hände unter dem Nacken verschränkt. Jedes Mal, wenn sie nach Hause gefahren war, hatte sie ihn eingeladen mitzukommen, aber er hatte nie Zeit gehabt, und deshalb konnte sie sich nur vorstellen, wie sie die Füße mit Sand bedeckte, sich zu ihm hindrehte und ihn ansah, und wie er den Kopf hob und lächelte. Aber jetzt hatte sie an Vittorios Stelle Simone gesehen, und einen Augenblick lang hatte ein Anflug von schlechtem Gewissen dieses Bild getrübt. Simone, Vittorio... warum Vittorio? Warum immer er? Vittorio war nicht da, jetzt, in diesem Moment, er war eigentlich nie da. Wut stieg in ihr auf, und sie kniff die Augen noch mehr zusammen. Simone. Simone neben ihr am Strand.

Sie atmete tief durch, aber statt salzigem Meergeruch roch sie den süßen, stechenden Rauch eines Joints. Abrupt öffnete sie die Augen, suchte die Dunkelheit nach einem Leguan mit grüner Stimme und Kopfhörer ab. Sie nahm noch einen Schluck Bier, das prickelnd an ihrem runden Kinn herunterlief. Dann lehnte sie sich mit dem Nacken gegen die kalte Wand und schloss erneut die Augen.

Urplötzlich höre ich es.

Ich hatte nicht damit gerechnet, aber ich höre es, es wird von einem zarten Kratzen angekündigt, das violett in der Luft vibriert, während es ringsherum seltsam still ist.

Almost Blue.

Das Sax fängt damit an. Ein Solo, das aus dem Nichts kommt, als ich schon vergessen hatte, dass es ja auch noch da war, sanft und verhalten wie ein Wispern. Sofort danach setzt die Trompete ein, auch sie sanft und verhalten, in das Sax hineingeblasen, das sich darumwickelt wie Papier um ein Geschenk, ein blaues Geschenk, fest und rund, wie wenn man die Hand um einen Gummiball schließt.

Almost blue, there's a girl here and she's almost you... beinah traurig, da ist ein Mädchen, sie ist fast wie du...

Almost blue, almost flirting with this disaster... beinah traurig, beinah spielen wir mit dieser Katastrophe...

Almost blue, there's a part of me that's only true... beinah traurig, ein Teil von mir ist wirklich wahr...

Ich habe es noch nie live gehört. Ich habe noch nie gehört, wie es von leibhaftigen Musikern gespielt wird, ohne das Rauschen der Boxen und ohne das Knistern der Nadel. Ich habe es noch nie so anders gehört, mit abgewandelten Noten, bildschön und voll, eine nach der anderen, ohne dass man im Voraus weiß, wie die nächste sein wird. Noch nie hat es so auf meiner Haut vibriert und auch darunter, so heftig und so heiß, dass ich nicht anders kann als die Lippen zusammenzupressen, bis sie anfangen zu zittern, und ich das Gesicht auf die Schulter lege, um die Tränen zu verstecken, die an meinen Wangen herunterlaufen.

Nie habe ich es wirklich gehört, außerhalb der Mansarde. Es ist so schön, dass es mir Angst macht.

»Nimm«, sagte Grazia, ohne die Augen zu öffnen, als sie spürte, wie Simones Finger über das Flaschenglas auf ihren Handrücken hinabglitten. Sie hob den Arm, aber Simones Finger pressten weiter, und da lächelte Grazia und nahm, immer noch mit geschlossenen Augen, die Flasche in die andere Hand, drehte die kalte, bierfeuchte Handfläche nach außen, schloss sie um Simones Hand und verschränkte die Finger mit denen von Simone.

Da ist sie.

Die grüne Stimme. Da ist sie.

Sie geht an mir vorüber und flüstert durch die Lippen, leise, aber ich höre es und weiß, dass sie es ist.

Dong, dong, dong...

Ich drückte Grazias Finger so fest, dass sie aufstöhnt. Sie begreift sofort und fragt mich nur: »Wo ist er?«, schnell und hart.

»Vor mir. Er geht gerade vorbei.«

»Wo vor dir? Hier wimmelt es von Leuten... rechts, links, oder wo?«

»Ich weiß nicht, er spricht nicht mehr... links, glaube ich.«

»Welcher ist es? Der Kleine? Der Große? Der mit den gelben Haaren?«

»Woher soll ich das wissen? Ich weiß nicht, welcher es ist.«
»Mist...«
Grazia lässt meine Hand los. Ich höre, dass sie aufsteht. Ich höre, dass sie sich bewegt.
Dann höre ich sie nicht mehr.

Vor Simone standen drei Typen mit Kopfhörer. Einer war klein und dicklich und hielt den Empfänger der Simultanübersetzung in der Hand, die Schaumstoffmuscheln klebten auf halber Höhe an seinem Hals, als ob sie ihn strangulieren wollten. Der Zweite war groß und hatte einen grauen Anorak an, unter einer Skimütze sah eine Haarlocke hervor. Kinn und Hals verschwanden unter einem roten Palästinensertuch, und die Skimütze verdeckte die Ohren, aber da war ein Kabel, ein weißes Kabel, das auf eine Schulter fiel und außen an der Jacke entlang in einer Tasche verschwand. Der Dritte war ein Typ mit kahl rasiertem Kopf. Auch er hatte Kopfhörer wie die anderen, und als er einen Moment stehen blieb, um sich eine Zigarette anzuzünden, sah Grazia in seinem Gesicht drei kleine Ringe funkeln, zwei in den Augenwinkeln und einen an der Nase.

›Mist‹, dachte Grazia, »Mist«, sagte sie noch einmal leise zu sich selbst, dann öffnete sie den Reißverschluss der Bomberjacke, zog die Pistole hinter dem Rücken hervor, ließ den Arm sinken und versteckte die Waffe hinter einem Bein. Dann machte sie rasch einen Schritt vorwärts, weil die drei gerade hinausgehen wollten.

»Entschuldigung... darf ich dich etwas fragen?«

Der Typ mit der Skimütze blickte auf die Hand hinunter, die Grazia ihm auf die Brust gelegt hatte, blinzelte und streckte rasch die Nase in den Schal.

»Warum?«, erwiderte er. »Was zum Teufel willst du?«

»Ich möchte dich nur etwas fragen, mehr nicht. Komm mit nach draußen, ja?«

»Wieso? Wer zum Teufel bist du? He... verdammt, was willst du?«

Sie hatte ihn am Arm gepackt, unauffällig, aber entschlossen, mit der linken Hand umklammerte sie seinen Ellbogen, sie hatte sogar ein Lächeln aufgesetzt, das ruhig und höflich wirken sollte, vielleicht gewinnend, aber er war trotzdem zurückgewichen und versuchte sich loszumachen.

»Wer bist du überhaupt? Was zum Teufel willst du? Lass mich durch...«

»Nur eine Sekunde, okay? Ganz ruhig... warum versteckst du dich? Zeig mal dein Gesicht, zeig mir mal den Kopfhörer unter der Skimütze... Matera! Sarrina!«

Sie drehte sich zum Eingang, hob die Hand, um den Vorhang beiseite zu schieben, und da sah er die Pistole.

»He-e, was hast du mit der Knarre vor? Wer zum Teufel bist du? Ein Bulle?«

Ich höre Schreie.

Ich höre, dass links von mir Bewegung in die Leute kommt.

Ich stehe auf und rufe: »Grazia?«, taste mit ausgebreiteten Armen um mich, aber Grazia ist nicht da.

Ich höre Raucheratems Stimme, die sagt: »Schön ruhig, Palästinenser... sonst tust du dir weh«, ich höre die Stimme von Hundert Lire, die sagt: »Ruhe, Leute, Ruhe... es ist nichts passiert!«, und eine andere, die schreit: »Bastard! Fass mich nicht an, du Bastard!«

Ich höre andere Stimmen: »Was willst du? Lass ihn in Ruhe!«, »Ein Bulle! Scheiße, der ist Bulle!«, »Sie verhaften Germano! Diese Wichser verhaften Germano!«

Ein einziges Durcheinander. Die Musik bricht ab. Ich höre

nichts mehr, keine Trompete, kein Sax, nur Stimmen, die schreien, hastiges Rascheln von Kleidern, eiliges Knirschen von Sohlen auf dem Beton.

Dann die Stimme von Grazia.

»Verdammt! Das ist kein Kopfhörer... das ist ein Hörgerät!«

Warum schaut der mich so an? Warum starrt er mich an?

Vorher saß er da mit einer Frau, und jetzt schaut er mich plötzlich an. Schaut mir genau ins Gesicht.

Wer ist das? Ich kann ihn nicht richtig sehen, es ist zu dunkel, aber ich weiß, dass er es auf mich abgesehen hat.

Er schaut mich an. Er schaut mich irgendwie komisch an. Mit vorgeschobenem Kinn und leicht geneigtem Kopf, als ob er nicht wirklich mich anstarren würde, sondern nur in meine Richtung. Durch mich hindurch. In mich hinein.

Er schaut mich die ganze Zeit an, also mache ich einen Schritt nach vorn, damit ich ihn besser sehe, und ich merke, dass seine Augen geschlossen sind, aber auch so, mit geschlossenen Augen, starrt er mich die ganze Zeit an, und da weiß ich, ich weiß, weiß, weiß, dass er weiß, wer ich bin, dass er all die glitzernden Punkte in meinem Gesicht sehen kann, er sieht, wie die Haut über meiner Stirn platzt und sich plötzlich wie eine Gummimembran zurückzieht und wie sich das Nasenbein vorschiebt, mein Gesicht ist jetzt ein spitzer Schnabel, und er sieht auch die Glocken, die Glocken der Hölle, die in meinem Kopf dröhnen.

Er schaut mich die ganze Zeit an, die ganze Zeit schaut er in mich hinein und sieht auch dieses Ding, das unter meiner Haut rast, das sich unter den Kleidern hebt und senkt, es wischt an meinem Arm hoch, über die Brust, es lässt meinen Hals anschwellen und rast über die Zunge und drückt gegen die Lippen, es drückt, drückt, drückt, und da öffne ich den Mund und zeige ihm dieses Tier, das in mir ist, auch sein Hals schwillt an, auch das Tier reißt den Mund auf und lässt die Zunge gegen diesen Mann zischeln, der mich anschaut, der immer noch in mich hineinschaut, mit geschlossenen Augen.

Dann umklammere ich meine Lippen, schlucke trocken und drücke alles hinunter, so gewaltsam, dass es wehtut.

Ich fliehe, ich lasse die Zigarette fallen, die ich mir gerade angesteckt habe, ich drücke sie unter der Schuhsohle aus und schlüpfe durch die Menge zu einem Notausgang.

Aber vorher präge ich mir noch das Gesicht ein, das Gesicht dieses Mannes mit den geschlossenen Augen, der in mich hineinsehen kann.

Wer bist du?

Verdammt, wer bist du?

»Wer bist du?«

*Mein Blitz durchzuckt den Himmel,
du bist noch jung, doch du musst sterben.*

3. TEIL Hell's Bells

My lightning's flashing across the sky
You're only young but you're gonna die.

AC/DC, *Hell's Bells*

il Resto del Carlino

WENDE IM FALL DER TOTEN STUDENTEN
EIN EINZELTÄTER HAT DIE SECHS STUDENTEN AUF DEM GEWISSEN

Opfer nackt aufgefunden
Polizei sucht Mann mit Codenamen Leguan

Bericht von Marco Girella

BOLOGNA – die gute Nachricht ist, dass die Polizei ermittelt. Angeblich haben sich die Verdachtsmomente so weit verdichtet, dass mit der baldigen Festnahme des Täters zu rechnen ist. Die schlechte Nachricht ist, dass in Bologna ein Serienmörder sein Unwesen treibt, der mindestens sechs Morde auf dem Gewissen haben soll. Bei den Ermittlern heißt er nur der »Leguan«. Monatelang erwies sich die Mauer des Schweigens, die um die Ermittlungen herum errichtet wurde, als undurchdringlich, doch jetzt sickert die schreckliche Wahrheit langsam durch: Der Gesuchte hat sechs junge Leute massakriert, die Leichen entkleidet und dann vermutlich ein abscheuliches Ritual vollzogen.

Der Leguan mordet ohne Erbarmen, sein Unterschlupf sind die unzähligen Behausungen der auswärtigen Studenten. Nur: Warum haben die Ermittler die sechs Morde so lange unterschätzt? Warum gingen sie zunächst von verschiedenen Tätern aus? Zur Unterstützung der Bologneser Polizei hat sich dem Vernehmen nach eine Spezialeinheit aus Rom in die Ermittlungen eingeschaltet. Sicher ist zum gegenwärtigen Zeitpunkt nur, dass die Jagd auf den Leguan vor einer Woche eröffnet wurde. Damals händigte die Polizei den Zeitungen ein Phantombild aus – das wir hier noch einmal abdrucken – und gab es als das Bild eines gefährlichen Räubers aus. Wie sich jetzt aber herausstellt, handelt es sich um eine nach wie vor frei herumlaufende Bestie – den Leguan. *Berichte Seite 2 und 3*

la Repubblica

Sechs Morde in fünf Jahren
Der Studentenkiller
Warum schweigt die Stadt

Von unserem Korrespondenten Pietro Colaprico

Bologna – Sechs Studenten der hiesigen Universität sind in den letzten Jahren ermordet worden. Und so unglaublich es auch klingen mag: Verwandte, Freunde, Kommilitonen, alle haben die ganze Zeit über geschwiegen. Ob zur Geheimhaltung der Ermittlungen oder damit die Trauer der Angehörigen nicht in die Öffentlichkeit getragen wurde – genützt hat es jedenfalls nur dem Mörder. Leguan – so hat die Mordkommission den Mann getauft, der in den vergangenen Wochen ein-, zwei-, dreimal zugeschlagen hat, in die Wohnungen der jungen Leute eingedrungen ist und sie dann nackt und leblos liegen gelassen hat.

Offiziell gibt es auch heute noch keine Ermittlungen. So absurd es auch erscheinen mag, der Polizeipräsident will »weder bestätigen noch abstreiten«. Gerüchten zufolge sollen Drogen und Sex im Spiel sein, als ob diese beiden Sachverhalte ausreichten, das Gemetzel unter den Studenten zu erklären. Nein, das alles bestätigt nur den Eindruck, dass man in Bologna die jungen Opfer eines Serienkillers in einem Sarg des Schweigens verschwinden lassen wollte.

Fortsetzung Seite 19

Il Messaggero

Erst Dementi, jetzt grausige Spur
Ein Serienmörder geht um

von MARCO GUIDI

Endlich gibt es plausible Neuigkeiten: In die Ermittlungen über die nackt aufgefundenen Mordopfer ist Bewegung gekommen. Nachdem man die Öffentlichkeit anfangs mit einer schlichtweg nicht nachvollziehbaren Abfolge von Dementis und Ablenkungsmanövern hingehalten hat, scheint man sich nun endlich auch bei den Ermittlern entschlossen zu haben, die Spur zu verfolgen, die doch auf der Hand lag: Ein Serienmörder geht um. Tatbestände, Übereinstimmungen und Besonderheiten – alles sprach für diese Hypothese. Nur die Ermittlungsbehörden haben die Augen vor der Wahrheit verschlossen (wir hoffen sehr, dass wir eines Tages den Grund dafür erfahren). Gestern dann der plötzliche Kurswechsel, ein Kurswechsel, der genauso mysteriös ist wie zuvor die beharrliche Weigerung, einen Wahnsinnigen als Täter in Betracht zu ziehen. Dem Anschein nach hat die neue Spur sogar einen Codenamen: »Operation Leguan« – was immer das auch bedeuten mag.

Fortsetzung Seite 19

l'Unità

Hinter dem Mord an den Bologneser Studenten steckt ein Serienkiller

Die sechs Opfer des ›Leguan‹

Alle Leichen nackt aufgefunden. Angeblich wichtiger Zeuge aufgetaucht

Drei Mordtaten, ein Mörder. Ein Einzeltäter steckt hinter der Ermordung der sechs Studenten, die in den letzten Monaten in Bologna ermordet wurden. Alle sechs starben durch die Hand des »Leguan«, wie die Ermittler diesen gefährlichen Verrückten nennen, auf den sämtliche Merkmale eines Serienkillers zutreffen. Um bei der Wahrheit zu bleiben – von offizieller Seite dringt kein Wort durch das sorgsam gewahrte Stillschweigen von Polizei und Staatsanwaltschaft. Aber die Indiskretionen häufen sich. Inzwischen ist gesichert, dass die bisher als Einzeltaten gehandelten Verbrechen in Wirklichkeit wie Steinchen in einem großen, makabren Mosaik sind. Es gibt verschiedene Anhaltspunkte, dass die drei Verbrechen zusammengehören: Da wäre das gemeinsame Milieu, der unstete, recht freizügige Lebensstil der auswärtigen Studenten sowie der Umstand, dass die Opfer vollkommen unbekleidet aufgefunden wurden (ein Detail, das bis jetzt von den Ermittlungsbehörden verheimlicht wurde). Aber vor allem gibt es jetzt einen Zeugen, der die Ermittler zum Leguan führen soll: Jemand, der anscheinend alles gesehen hat und rund um die Uhr unter Polizeischutz steht.

Stefania Vincenti

Da hast du ja was Schönes angerichtet, Kleines.«

Grazia presste die Lippen aufeinander und zog die Nase hoch. Im Rachen spürte sie deutlich den herben Geschmack der Tränen, die sie zurückzuhalten versuchte. Sie sah zur Seite, starrte auf die Spitzen ihrer Stiefel, die sie über den Boden schleifen ließ, starrte mit aufgerissenen Augen, denn wenn sie auch nur einmal geblinzelt oder den Blick zu Vittorio gehoben hätte, hätte sie losgeheult, und das wollte sie unter keinen Umständen. Und so saß sie auf der Tischkante neben dem Computer des Erkennungsdienstes, ließ die Beine baumeln, starrte auf die Stiefelspitzen und schluckte ab und zu, damit der Schleier vor ihren Augen nicht feuchter und dichter wurde.

»Der Polizeipräsident ist außer sich. Es ist ihm nicht gelungen, die Presseleute zu überzeugen, dass es keinen Studentenkiller gibt, und er weiß, dass es ihm mit den Müttern der Studenten noch schlechter ergehen wird. Im Moment macht ihm der Innenminister am Telefon die Hölle heiß. Um die Wahrheit zu sagen, ich bin auch nicht besonders glücklich, Kleines.«

Vittorio kramte geschäftig in dem Aktenkoffer, den er auf dem steinernen Fensterbrett abgelegt hatte. Mit den Fingerspitzen fuhr er über einen Stapel Disketten.

»Stimmt schon, ich wollte, dass die Öffentlichkeit von der Sache erfährt, aber doch nicht so. Strategisch gesehen ist diese Art von Informationspolitik übertrieben und voreilig. Alvau macht sich jetzt bestimmt in die Hose und muss unter Zeitdruck entscheiden, ob die Ermittlungen trotz der möglichen Panik in der Stadt fortgesetzt werden sollen oder ob er die bequemere Variante wählen und Jagd auf Einzeltäter machen soll.«

Vittorio fand die Diskette und zog sie aus dem Stapel, hielt sie an einer Ecke fest und schlug sich damit sacht gegen die Nasenspitze, wobei er nachdenklich die Stirn in Falten legte.

»Ich hatte ihn schon fast«, sagte Grazia. Sie zog die Nase

hoch, schluckte, um die Stimme zu trocknen, und starrte weiter auf die Stiefelspitzen. »Ich war nah dran.«

Vittorio nickte und steckte die Diskette in die Manteltasche. Dann zog er mit zwei Fingern eine der Innentaschen des Aktenkoffers auseinander und nahm einen Kamm heraus, mit dem er sich durch das Haar fuhr, während er sein Spiegelbild in der Fensterscheibe betrachtete.

»Ja. Wenn der Leguan wirklich in diesem Theater war, dann bist du diejenige, die am nächsten dran war. Nur dass du dich auf den Falschen gestürzt hast.«

»Er sah am verdächtigsten aus! Herrgott, Vittorio, du hättest ihn sehen sollen! Er sah genauso aus!«

Vittorio legte den Kamm an seinen Platz zurück, dann ordnete er mit den Fingern das Haar an den Schläfen. Er beugte den Kopf näher an die Fensterscheibe, nickte zufrieden. Als er fertig war, drehte er sich zu Grazia um, nahm ihr Kinn zwischen Daumen und Zeigefinger und hob ihr Gesicht an. Grazia presste die Lippen noch fester zusammen und verzog die Mundwinkel.

»Hör zu, ich weiß, dass du gut bist. Der Zeuge, den du gefunden hast, die Intuition mit dem Leguan, der sich häutet, die Idee, ihn mit einem Scanner abzuhören … gute Arbeit, Kleines. Wild und unbeirrbar, wie ich es mag. Aber gute Arbeit hin, gute Arbeit her – ich weiß auch, dass du noch nicht viel Erfahrung hast und dass ich dich hier mit einer Ermittlung allein gelassen habe, die eine Nummer zu groß für dich ist.«

Grazia versuchte, den Kopf zur Seite zu drehen, aber Vittorios Finger hinderten sie daran. Sie blinzelte hastig, und eine Träne, eine einzige, löste sich aus dem Augenwinkel und lief warm zum Ohrläppchen hinunter.

»Unsere Abteilung ist noch neu und hat in erster Linie beratende Funktion, aber ich möchte, dass wir eine echte operative Einheit mit Fachleuten und klaren Zuständigkeiten werden.

Dazu brauchen wir einen Erfolg, und der Leguan könnte dieser Erfolg sein. Ich wollte, dass mein unbeirrbares, wildes Mädchen mir mit einer diskreten Ermittlung, die nicht allzu viel aufdeckt, ein paar stichhaltige Beweise liefert. Du hast zu viel Aufstand gemacht, aber egal. Ruhig, Kleines, ich nehme die Sache jetzt in die Hand.«

»Muss ich zurück nach Rom?«

Vittorio verschwand zunehmend hinter einem glänzenden Schleier, aber Grazia konnte trotzdem sehen, wie er noch einmal vor die Fensterscheibe trat, um eine Strähne zu bändigen, die ihm in die Stirn gefallen war.

»Nein. Nur halte dich zurück, bis die Wogen sich geglättet haben. Und komm dem Polizeipräsidenten nicht unter die Augen. Wenn sie ihn nicht schon nach Hause gebracht haben, dann ist dein Blinder noch bei der Kripo, um das Protokoll aufzunehmen. Sieh zu, ob du noch mehr aus ihm herausholst.«

Mit dem Knie schubste er ihre Stiefel nach hinten und gab ihr einen leichten Klaps unter das Kinn. »Kopf hoch, Kleines«, sagte er, dann winkelte er den Arm an, sah auf die Uhr und murmelte: »Mist, in fünf Minuten habe ich ein Interview mit dem Fernsehen, dann noch eins im Radio, und das ist erst der Anfang.« Als er das Zimmer verließ, dachte er erst im letzten Moment daran, den Kopf unter dem steinernen Bogen einzuziehen.

Grazia zog noch einmal die Nase hoch, die Lippen über dem zitternden Kinn zusammengepresst. Sie schlug die Hände vors Gesicht, beugte sich vor, drückte den Kopf gegen die Brust und fing an zu weinen. So leise wie möglich.

Aua.

Ein plötzlicher Schmerz in der schwarzen Finsternis um mich herum. Ich bin mit dem Bein angestoßen. Auf halbem Weg hat sich etwas Hartes und Festes in meinen Oberschenkel gebohrt und mich fast aus dem Gleichgewicht gebracht.

Ich lasse die Arme sinken und spüre die kalte, glatte Oberfläche eines Kotflügels unter den Handflächen. Ich fahre mit den Fingern darüber, um das Ende der Kühlerhaube zu ertasten, und gehe humpelnd darum herum. Dann bleibe ich stehen, die Hand immer noch auf dem Metall. Ich bin verwirrt und zögere einen Moment.

Der Hof des Hauses, das weiß ich, ist klein und viereckig. Unter meinen Füßen knirscht der Kiesstreifen, und weiter vorne, ein paar Schritte entfernt, müsste ich den harten, unnachgiebigen Betonbürgersteig spüren, direkt vor den Stufen und der Haustür. Nur mit dem Auto hatte ich nicht gerechnet.

Und wenn noch eins dastand? Wenn ein Fahrrad am Bürgersteig lehnt? Wenn etwas auf dem Boden liegt?

Ich lausche.

Nur das Verkehrsgeräusch von der Straße hinter mir, jenseits des kleines Hofes.

Ich schnuppere.

Fauliger Bananengeruch aus der Mülltonne links von mir.

Ich löse mich von dem Auto. Ich strecke ein Bein vor und ertaste mit der Fußspitze den Kies vor mir. Ich breite die Arme aus, die gespreizten Finger kratzen durch die Luft. Ich mache einen Schritt vorwärts, aber vor mir bewegt sich etwas, abrupt schirme ich mein Gesicht mit den Armen ab. Eine Fliege vielleicht, denn es ist nicht mehr da.

Ich mach noch einen Schritt.

Noch einen Schritt.

Unter der Fußspitze fühle ich die abgesetzte Betonkante, ich beuge mich vor und taste mit den Händen nach der Wand. Ich finde sie und lehne mich erleichtert dagegen. Mit kleinen Schritten schiebe ich mich vorwärts, streife den staubigen Putz fast mit der Wange. Als meine Hand gegen die vorstehende Kante eines niedrigen Fensterbretts prallt, fährt mir der Schmerz bis in den Ellbogen.

»Soll ich Ihnen helfen?«

Eine Frauenstimme rechts von mir. Eine Hand, die meine Schulter berührt und dann hinunter zum Arm fährt und mein Handgelenk umfasst. Eine andere Hand, die mich am Ellbogen nimmt und geübt stützt.

»Vorsichtig mit den Stufen. Seien Sie unbesorgt, lassen Sie sich führen... ich kenne mich damit aus, wissen Sie? Mein Sohn ist auch blind.«

Ich lasse mich führen.

Ich wollte probieren, den Hof mit geschlossenen Augen zu überqueren. Wie der Mann, der in mich hineinschaut und dem ich gestern Abend bis nach Hause gefolgt bin. Jetzt glaube ich, dass ich sie noch eine Weile geschlossen lassen muss, obwohl es mich hinter den Lidern juckt und trotz des unbändigen Verlangens, sie zu öffnen.

»Ich warte hier unten auf meinen Sohn, er müsste eigentlich jeden Moment kommen«, sagt die Frau, »aber so lange kann ich ja Ihnen helfen. Mein Sohn heißt Simone. Kennen Sie ihn?«

»Simone?«, erwidere ich, während ich mit der Hand nach der Haustür taste, die sie mir aufhält. »Ja, ich kenne ihn. Gut sogar. Seinetwegen bin ich hier.«

»Simone Martini? Ach, der Blinde... der ist vor einer Viertelstunde weggegangen. Castagnoli hatte gerade Feierabend und fährt ihn nach Hause.«

Der Beamte sah sie an, einen Ellbogen auf der Armlehne seines Stuhls und ein Knie gegen die Schreibtischkante gestemmt. Grazia zog die Nase hoch und fuhr mit dem Handrücken über die Wangen, die sich noch feucht und klebrig anfühlten.

»Tust du mir einen Gefallen? Ruf bitte Martini an, und sag ihm, dass ich auf dem Weg zu ihm bin.«

»Zu Befehl... gleich, wenn das rote Lämpchen ausgeht. Die aus dem anderen Büro blockieren die Leitung.«

Grazia steckte die Hände in die Taschen der Bomberjacke und lehnte sich gegen einen Aktenschrank. Sie senkte den Blick auf irgendeine Stelle auf dem Fußboden und spürte den indiskreten Blick des Beamten auf ihrem Körper.

»Ganz schön erkältet, was?«

»Ja.«

»Willst du ein Tempo?«

»Nein.«

Das Radio lief. Auf dem Schreibtisch stand ein kleines Taschenradio, dessen kurze Antenne zur Seite abstand. Aus dem ovalen Lautsprecher bruzzelte verzerrt und unangenehm eine Stimme. Eine Empfangsstörung fegte die Stimme hinweg, der Beamte seufzte. Er beugte sich über den Tisch, legte die Finger an die Antenne, und die Stimme im Lautsprecher kehrte zurück, immer noch dumpf und etwas verzerrt, aber verständlich.

»*Fragen wir Dottore Poletto, den Leiter der Abteilung, die sich ausschließlich mit der Jagd auf Serienkiller befasst...*«

»Noch so ein Wichser«, sagte der Beamte. Er öffnete die Hand, und das heftige, dichte Rauschen aus dem Lautsprecher überdeckte jetzt Vittorios Stimme. Der Beamte berührte erneut die Antenne und sagte: »Ich kann ja nicht den ganzen Tag in dieser Haltung bleiben«, dann spreizte er ganz langsam die Finger, das Rauschen kehrte zurück, aber schwächer.

»*Wir ermitteln in alle Richtungen, jeder Hypothese wird nachgegangen. Ich persönlich denke, dass es den Leguan gibt, hier und jetzt. Und dass wir ihn fassen werden.*«

»*Aber die Festnahme des jungen Autonomen? Wird das nicht zu einem neuen Fall Carlotto? Gleich den idealen Schuldigen präsentieren, zumal er auch noch politisch motivierte Vorstrafen hat?«*

»Ich bin Ihnen dankbar, dass Sie diese Frage gestellt haben. Der Fall Carlotto hat mit dieser Sache überhaupt nichts zu tun, und soweit ich weiß, ist der Autonome bereits wieder auf freiem Fuß. Es handelte sich lediglich um den Fehler einer jungen Kollegin, die ein bisschen zu impulsiv vorgegangen ist...«

»Na toll!« Der Beamte hob den Hörer ab, das rote Blinklicht auf seinem Apparat war verloschen. »Immer das Gleiche... die schicken irgendeine arme Sau von Untergebenem vor, der ist dann an allem schuld, und sie brauchen sich nicht zu blamieren. Wie lautet die Nummer?«

Grazia nannte sie ihm, dann kaute sie auf ihrer Wange, den Blick immer noch auf den Fußboden gerichtet. Sie versuchte, nicht auf Vittorios Stimme zu achten, die durch das Knistern des Radios heiser klang und sich mit der lauteren Stimme des Beamten, der in den Hörer sprach, mischte.

»Falls der Untersuchungsrichter es für angebracht hält, werde ich nicht zögern, die Leitung der Ermittlungen zu übernehmen... aber zwingen Sie mich nicht, Dinge zu sagen, die nicht in meine Kompetenz fallen...«

»Ist da Martini? Kriminalpolizei. Inspektor Negro wollte Ihnen mitteilen, dass sie zu Ihnen fährt und mit...«

»Ja, zurzeit hat unsere Dienststelle nur beratende Funktion, aber ich bin von der Notwendigkeit überzeugt, dass...«

»Na... ich denke mal, so vor zwanzig Minuten, aber um diese Uhrzeit wird auf den Straßen einiges los sein. Jedenfalls kommt die Kollegin gleich, sie wartet dann auf ihn.«

»Warum wir ihn den Leguan nennen? Ach, das war eine Intuition meinerseits. Wissen Sie, ich habe mir gedacht...«

»Keine Ursache. Auf Wiedersehen.«

Grazia blinzelte, die Arme vor der Brust verschränkt, Lippen und Zähne zusammengepresst. Die noch feuchten Wimpern gingen ihr auf die Nerven. *Keine Sorge, Kleines, ich nehme die Sache jetzt in die Hand.*

»Dein Blinder ist noch nicht eingetroffen«, sagte der Beamte. »Zu Hause machen sie sich Sorgen, weil er noch nicht da ist… glaub ich gern, hilflos wie er ist. Jedenfalls habe ich dem Typ gesagt, er soll sich keine Sorgen machen, weil… He, was zum Teufel…«

Wie von der Tarantel gestochen hatte Grazia sich umgedreht und war so überstürzt auf den Schreibtisch zugeschossen, dass der Beamte nach hinten gegen die Stuhllehne zurückwich und mit einer Hand das Gesicht abschirmte, als ob er einen Faustschlag abwehren wollte. Vittorios Stimme ging in einem noch heftigeren und lauteren Rauschen unter, diesmal endgültig.

»Hast du dem *Typ* gesagt? Welchem *Typ*?«

»Was weiß denn ich…«

»Wer war am Telefon?«

»Woher soll ich das wissen? Ein Mann, irgend so ein Typ. Verdammt, Inspektor… der halt dran war.«

Es riecht süß nach Zitronen und scharf nach Putzmitteln. Das Leder des Rücksitzes ist weich und haftet ein wenig an den Handflächen, wenn ich darüberstreiche. Offenbar hat Hauptwachtmeister Castagnoli den Wagen erst vor kurzem waschen lassen.

Um mich herum das knurrende, monotone Geräusch des Motors, das anschwillt, wenn wir anfahren, sich gleich darauf aber wieder beruhigt. Nein, ich fahre nicht gern Auto. Als würde man sich im Stehen bewegen. Gefällt mir nicht.

»Haben Sie kein Radio?«, frage ich, aber dann schüttele ich den Kopf, weil ich das Klicken des Einschaltknopfes gehört habe, noch bevor das grünliche Rauschen der Radionachrichten mich von hinten überflutet.

»*Wir bedanken uns bei Dottore Poletto, dem Leiter der Sondereinheit für Serienkiller...*«

»Nein, ich meinte den Polizeifunk. Hat Ihr Auto kein Funkgerät?«

»Nein, es hat keins. Das ist kein Dienstwagen... das ist mein eigenes Auto. Ich habe Feierabend, und da es auf dem Weg liegt... Aber ich habe CB-Funk... ich bin Funkamateur. Geht das auch?«

Schade. Ich hätte gerne mal den Polizeifunk ohne Scanner gehört. Direkt aus dem Auto, live wie die Musik. Ich hätte so gerne mal auf einen Funkruf geantwortet, während irgendwo im Äther jemand zuhört...

»Dieser verdammte Stau«, brummt Hauptwachtmeister Castagnoli und reicht mir das CB-Mikrofon. »Herrgott... schon wieder rot!«

Grazia beugte sich vor und kramte das Blaulicht unter dem Sitz hervor. Sie legte es auf den Knien ab, während sie mit einem Finger das Seitenfenster herunterließ und gleichzeitig das Batteriekabel in den Zigarettenanzünder stöpselte. Sie ließ den Elektromagneten des Blaulichts auf das Blechdach schnappen. Einen Augenblick später fuhr das Auto an, und sie wurde in den Sitz gedrückt.

An der Ausfahrt des Parkplatzes auf der Piazza Roosevelt bremste Matera scharf, dann ließ er auf der fünfhundert Meter langen Via della Zecca den Tacho auf hundertzehn schnellen und machte wieder eine Vollbremsung, bevor er herunterschaltete und mit quietschenden Reifen in die Via Ugo Bassi einbog, hinter sich das Geheul der Sirene. Mit kurzen, ruckartigen Bewegungen legte er die Gänge ein, während er sich mit dem anderen Arm am Lenkrad festzukrallen schien und sein massiger Körper durch den gespannten Sicherheitsgurt zurückgehalten wurde. Grazia hatte es noch nicht geschafft, den Gurt anzulegen, mit der Schnalle in der Hand wurde sie ständig zwischen Tür, Armaturenbrett und Sitz hin und her geworfen. Sie stemmte die Füße nach vorn und quetschte sich mit den Schultern gegen den Sitz, als Matera hinter einem Autobus erneut scharf bremste, das Steuer nach links riss und den Bus mit minimalem Abstand überholte. Er schnitt ihm den Weg ab und bog in die Via Marconi ein, während der Busfahrer, ein kahlköpfiger, junger Mann mit Ziegenbärtchen, wie wild hupte und seine zusammengekniffenen Lippen einen stummen Fluch formten.

Grazia biss die Zähne zusammen, sie kauerte auf dem Sitz, die Knie angewinkelt und die Füße gegen das Armaturenbrett gestemmt, eine Hand oben am Haltegriff über der Beifahrertür und die andere um den Sicherheitsgurt gekrallt. Sie hatte vergessen, wie es war, dieses nervenaufreibende Kribbeln unter der Haut und die Adrenalinstöße, die ihr den Atem verschlugen. Es war wie damals, als sie noch Streife fuhr: Sie starrte durch die Windschutzscheibe, auf die Heckpartien der Autos, die urplötzlich verschwanden, wenn Matera das Lenkrad herumriss und überholte, auf die Passanten, die wie angewurzelt auf dem Zebrastreifen stehen blieben, um sie vorbeizulassen, auf die Fahrräder, die blitzschnell an den Seitenfenstern vorbeischossen, wie damals starrte sie durch die Windschutzscheibe, ohne an irgendetwas denken zu können. Bei Banküberfällen hatte die Zentrale in neun von zehn Fällen ein paar Sekunden, bevor sie am Tatort eintrafen, Entwarnung gegeben, und das Nachlassen der Spannung war so heftig gewesen, dass sie sich vollkommen erschöpft gefühlt hatte. Auch jetzt, in diesem Wagen, der mit Blaulicht durch die Stadt raste, hätte sie am liebsten die Entwarnung gehört. Eine Stimme im Funkgerät, die sagte *Immer mit der Ruhe, falscher Alarm, Simone ist in Sicherheit, Kleines, mach dir keine Sorgen.*

»Mist!«, knurrte Grazia, als Matera mit kreischenden Bremsen hinter einer doppelten Reihe von Autos anhielt, die die Straße versperrte. »Du wusstest doch, was auf den Straßen los ist!«

Matera sagte nichts. Er schaltete herunter, und während der Motor hysterisch aufbrüllte, ordnete er sich auf der Busspur ein und trat das Gaspedal bis zum Anschlag durch.

Die Sirene nähert sich schnell von hinten. Sie kommt auf gleiche Höhe und überholt uns mit einem gelben Schrei, der mir Schauder über den Rücken jagt.

»Was rast du denn so!«, sagt Castagnoli und hupt zweimal. »Du kommst doch auch so an!«

An der Via Costa standen die Autos so dicht gedrängt vor der Ampel, dass sie einfach nicht Platz machen konnten, so sehr Matera auch auf die Hupe drückte. Ein LKW versuchte zu wenden und blockierte die Straße. Grazia klinkte den Sicherheitsgurt aus, stülpte das Spiralkabel des Blaulichts über den Kopf und stürzte aus dem Wagen.

Mit dröhnenden Schritten rannte sie los. Um schneller zu sein, drückte sie sich kraftvoll von den Fußspitzen ab, die Hände waren zu Fäusten geballt, die Ellbogen flogen vor und zurück. Sie stürmte an den Passanten vorbei, die sich umdrehten und ihr hinterhersahen, und dabei zählte sie die Nummern über den Hauseingängen mit, 11… 13… 15… 17, keuchte durch den halb geöffneten Mund, 19… 21… 23…, vornübergebeugt, den Kopf zwischen den Schultern, 25… 27–33. Sie bog in den Durchgang ein, der auf den Innenhof führte, prallte vor lauter Schwung mit der Schulter gegen die Mauer, konnte sich aber auf den Beinen halten, indem sie sich an der Kühlerhaube des geparkten Autos abstützte, und rannte über den knirschenden Kies zur Haustür. Dort blieb sie einen Moment stehen, vornübergebeugt, die Hände auf die Knie gestützt, nur einen Moment, um wieder zu Atem zu kommen, dann richtete sie sich abrupt auf, riss den Reißverschluss der Bomberjacke nach unten und zog die Pistole heraus.

Die Haustür über den beiden Stufen war offen. Grazia drückte mit den Fingern gegen die Zierleiste aus Mattglas, stieß die Tür auf und schlüpfte rasch hinein.

Eine Treppe führte zu einem Absatz hinauf, machte dann kehrt zum nächsten und verschwand über ihrem Kopf.

Immer noch außer Puste, begann Grazia hinaufzugehen, die Pistole hinter dem Oberschenkel verborgen, falls jemand aus einer Wohnung trat.

Simones Wohnung im zweiten Stock. Über der Klingel das Messingschild mit der Gravur *Martini*. Die helle Holztür angelehnt.

Mit der Hand fuhr Grazia durch die schweißnassen Haare, die ihr an der Stirn klebten, und schob sie zur Seite. Kalte Schweißtropfen rannen lästig über ihren Rücken, das T-Shirt klebte an den Schultern. Sie legte eine Hand an die Tür und stieß auch diese auf.

Der Flur in Simones Wohnung. Hinten die Tür zur Mansardentreppe. Rechts die Tür zur Küche. Links, näher, die zum Wohnzimmer. Alle drei angelehnt.

»Simone?«, rief Grazia. »Signora Martini?«

Die Tür zur Treppe bewegte sich plötzlich und fiel mit einem Ruck ins Schloss.

Klong.

Grazia zuckte zusammen und konnte ein Stöhnen nicht unterdrücken, es klang fast, als hätte sie Schluckauf. Sie hob die

Pistole und lud durch, dann ging sie mit wild schlagendem Herzen auf die Tür zu, legte die Hand an die Klinke und öffnete.

Die Treppe, die zu Simones Mansarde hinaufführte. Schmal, steil, fast senkrecht, an der Wand ein Messinggeländer. Oben, wo die hölzernen Stufen endeten, die Mansardentür. Geschlossen.

Grazia knipste das Licht an, es war dunkel in diesem Teil der Wohnung, aber die Glühbirne auf halber Höhe der Dachschräge blendete, also schaltete sie das Licht sofort wieder aus. Im Halbschatten blinzelte sie und rief noch einmal. »Simone! Signora Martini!« Dann stieg sie hinauf.

Oben auf der Treppe, hinter der Tür, das gedämpfte Rauschen der eingeschalteten Scanner, keine belegte Frequenz eingestellt. Auf dem Treppenabsatz, hinter dem Spalt zwischen Türflügel und Fußboden, ein schwarzer Schatten, reglos in der Mitte. Oben auf der Treppe, unter der Tür, bewegte sich der schwarze Schatten plötzlich.

Grazia biss sich so fest auf die Lippe, dass Blut kam. Sie hob die Pistole, zielte beidhändig auf die Tür, Daumen über Daumen, wie sie es in der Polizeischule gelernt hatte.

»Inspektor Negro!«, rief sie. »Staatspolizei! Wer ist da hinter der Tür? Ich bin bewaffnet und komme jetzt rein. Wer ist da?«

Simone hätte sie schon längst gehört und ihr geantwortet. Simones Mutter hätte ihr ebenfalls geantwortet. Dieser Schatten war nicht Simones Mutter. Dieser Schatten war nicht Simone.

Es war der Leguan.

Castagnoli lächelt, ich höre es daran, wie seine Lippen sich feucht über den Zähnen spannen.

»Natürlich können wir den Polizeifunk einstellen. Sagen Sie's aber nicht weiter ... sonst bin ich geliefert.«

Ich lächele ebenfalls und feuchte mit der Zunge die Lippen an. Die Vorstellung, jemand könnte mich hören, während ich spreche, jagt mir einen Schauer über den Rücken, es verschlägt mir den Atem. Ich weiß, ich sollte es nicht, der Hauptwachtmeister wird vielleicht wütend, aber ich kann der Versuchung nicht widerstehen. Also drücke ich auf den Knopf am Mikrofon, so fest, dass er knirscht.

»Grazia?«, sage ich. »Grazia, bist du da?«

»Ja!«, rief Grazia, »ja, ich bin da!«

Als sie Simones ein wenig von Rauschen verschleierte Stimme hinter der Tür hört, schrie sie erleichtert auf. Sie seufzte so tief, dass aller Atem aus ihrer zugeschnürten Kehle entwich, dann ließ sie die Arme sinken, nahm den Finger vom Abzug, ließ die Pistole baumeln, öffnete die Tür und trat schwungvoll ein.

»Verdammt, Simò! Du hast mir ganz schön Angst eingejagt!«

Sie stolperte über etwas, das auf der Schwelle lag, und fiel vornüber, ohne dass ihre Finger die Klinke zu fassen bekamen, während Castagnolis Stimme aus dem Scanner heraus sagte: »He, Signor Martini, so haben wir aber nicht gewettet! Geben Sie das Mikrofon her!«, und gleich darauf in einem noch dichteren Rauschen unterging. Grazia schlug der Länge nach hin. Die Pistole entglitt ihr und schlitterte langsam über den klebrigen Mansardenfußboden bis zu der besprizten Wand, bis zu den rot befleckten Gardinen, die wie wild vor den geöffneten Fenstern flatterten, bis zu dem nackten Fuß des Leguans, dessen Zehen sich um die Pistole schlossen. Grazia hob den Kopf, doch genau in diesem Augenblick wurde die Gardine vom Luftzug aus der offen stehenden Tür nach hinten geweht und verhüllte den Leguan wie ein Schweißtuch aus rot gefärbter Gaze. Grazia starrte auf diese blutige Larve ohne Gesicht und Körper unter dem dünnen Stoff der Gardine, die Kurven und Vorsprünge auf ihm formte, sich um die Ringe schmiegte, die Höhlen von Augen und Nase nachzeichnete und sich rot in den aufgerissenen Mund stülpte. Grazia unterdrückte mit Mühe einen Schrei, der Schreck lähmte ihre Glieder und drückte sie zu Boden. Sie sah, wie der Leguan sich nach der Pistole bückte, sah, wie sein Gesicht durch die Gardine hindurchschimmerte wie eine Maske aus Lehm, die unzählige haarfeine Sprünge hatte, eine kahle, nackte Maske unter glänzenden Acrylfasern und geronnenen Spritzern. Aber sie hatte sich geirrt, der Leguan bückte sich nicht, um die Pistole aufzuheben. Mitten in der Bewegung hielt er inne, ließ die Zunge gegen die Gardine schnellen, sah Grazia einen Augenblick lang an und gab einen Laut von sich, der im tonlosen Rauschen der Scanner fast wie ein Hauchen klang.

Plötzlich drang die schrille Sirene von Materas Wagen aus dem Innenhof herauf und erfüllte das Treppenhaus. Hinter der Gardine bewegte sich der Leguan. Er hielt sich am Fensterrahmen fest, stemmte ein Knie auf das Fensterbrett und sprang hinaus. Grazia hätte ihn vielleicht über das Dach verfolgt, vielleicht wäre sie ans Fenster gestürzt und hätte auf ihn geschossen, doch als sie sich gerade aufrappeln wollte, sah sie, worüber sie gestolpert war, sie begann, um sich zu schlagen, blindlings, außer sich, und Schauder liefen ihr über den Rücken bis hinauf zu den schweißnassen Haarwurzeln.

»Mama?«, rief Simone unten von der Treppe. »Mama?«

Ich höre Raucheratem, er holt mich ein und stößt mich mit dem Arm zur Seite. Um nicht zu fallen, halte ich mich am Treppengeländer fest und rufe: »Grazia?«, denn ich habe Angst.

Raucheratems Schritte donnern über das Holz der Stufen und hallen im Treppenhaus wider, dann höre ich ihn schreien: »Heilige Mutter Gottes!«, und da stürze ich weiter, nach oben.

Aber als ich die Tür erreiche, spüre ich Grazias Hände, die mich aufhalten, mich packen und zurückdrängen, während sie sagt: »Nicht reingehen! Nicht reingehen!«

Dann rieche ich den scharfen Geruch des Haarsprays meiner Mutter, ich rieche den Geruch von Blut, sehr viel Blut, und da fange auch ich an zu schreien.

Wie geht es ihm?«

»Weiß nicht. Er spricht nicht, er sagt nichts, er antwortet einsilbig, wenn ihm danach ist. Er weint. Er isst nicht. Es geht ihm wie einem, dessen Mutter ermordet wurde und der versteckt unter Polizeischutz leben muss.«

»Nicht in diesem Ton, Kleines. Es ist weder meine Schuld noch deine... es ist passiert und Schluss.«

In der Innenstadt von Bologna gibt es Straßen, die, wenn man von der einen Seite kommt, an der Via Indipendenza enden, zwischen den Mofas der Schüler, die vor dem McDonald's stehen, zwischen den Fahrrädern der Leute, die die Straßenseite wechseln, um die Schaufenster unter den Arkaden zu betrachten, und zwischen den Bussen, die sich hupend einen Weg bahnen. Geht man aber anders herum, führen sie ins Nichts, auf andere, immer kleinere Straßen, die sich hinter einer Biegung verlieren.

Vittorio winkelte den Arm an, und mit einem nervösen Ruck der Hand, der von einer schnellen Bewegung des Kinns begleitet wurde, strich er eine Haarsträhne nach hinten, die ihm in die Stirn gefallen war. Die zusammengekniffenen Augen ritzten ein feines Geflecht aus Falten in sein Gesicht, und trotz seiner Bräune wirkte er blass, fast grau, wie einer, der lange nicht geschlafen hat. Grazia dachte, dass sie ihn noch nie so gesehen hatte. Seit sie ihn kannte, war er ihr immer vorgekommen, als sei er gerade aus dem Urlaub zurückgekehrt, frisch und brillant. Untadelig. Vor allem aber unfehlbar.

Doch jetzt machte er einen anderen Eindruck. Fast als sei er nicht mehr der Mann, bei dem sie vor Ergebenheit gejapst hatte, als er zum ersten Mal ihre Hand geschüttelt und gesagt hatte: »Willkommen bei der AAGV, Inspektor Negro«, und sie sich gefühlt hatte wie Jodie Foster in *Das Schweigen der Lämmer*. Derselbe Mann, der ihr brennende Röte übers Gesicht gejagt und ein unbezähmbares, freudiges Lächeln entrissen hatte, als er zum ersten Mal während einer Dienstbesprechung ihren Namen erwähnt hatte. Der in ihrem Innern einen Schauder und ein zartes Kribbeln ausgelöst hatte, als er sie zum ersten Mal *Kleines* genannt hatte. Einmal hatte sie sogar geträumt, dass sie mit ihm schlief, und sie war sicher, dass er es gemerkt hatte, als sie ihm am nächsten Morgen begegnet und feuerrot geworden war. Aber das war nur einmal passiert, und es war ein Traum gewesen. Jetzt war es anders.

»Kann ich mal die Pension anrufen? Ich will Sarrina sagen, dass ich ihn gleich ablöse...«

»Was ist mit deinem Handy?«

»Ich habe vergessen, den Akku zu wechseln.«

Vittorio steckte die Hand in die Manteltasche, zog das Handy hervor und reichte es Grazia mit ausgestrecktem Arm, dann überquerte er die Straße und steuerte auf einen Zeitungskiosk zu. Sie wählte die Nummer der kleinen Pension in San Lazzaro, wo sie Simone versteckt hatten, und ließ sich mit dem Zimmer verbinden. Sie sagte nur: »Grazia«, und: »Ich komme jetzt«, dann unterbrach sie die Verbindung und wartete, bis Vittorio sich von dem Zeitungsverkäufer den Weg hatte erklären lassen.

In der Innenstadt von Bologna gibt es Straßen mit einer verborgenen Seele, die nur sichtbar wird, wenn jemand sie einem zeigt. In der Innenstadt von Bologna gibt es eine Straße, wo sich unter einer Arkade ein Loch öffnet, ein viereckiges Fensterchen mit Holzladen und Eisenrahmen, das in eine Häuserwand gehauen zu sein scheint. Wir sind in der Innenstadt von Bologna, im Zentrum einer Stadt im Binnenland, aber man braucht nur den Fensterladen aufzustoßen, und in der Öffnung erscheint ein Fluss, ein Wasserlauf zwischen senkrechten, von Feuchtigkeit angenagten Häuserfronten, vor denen Boote vertäut liegen. Nicht weit entfernt, gleich hinter der nächsten Biegung, kann man den Fluss sogar atmen hören, fast brüllt er im Würgegriff einer Schleuse, wo man einen Augenblick zuvor, nur ein paar Schritt weiter, lediglich den Verkehrslärm von der Via Indipendenza gehört hat.

»Ich bin kein Polizist«, sagte Vittorio. »Ich bin Psychiater. Ich weiß, dass Serienkiller geschnappt werden, weil sie Leichen unter dem Fußboden verstecken und diese anfangen zu stinken, weil sie ihre Opfer entwischen lassen oder weil sie aus übermächtigen Schuldgefühlen heraus einen Fehler machen. Aber wie genau man sie schnappt, das weiß ich nicht. Ich habe alles daran gesetzt, dass mir diese Ermittlungen übertragen wurden, und jetzt, wo Alvau sich endlich durchgerungen hat, weiß ich nicht, wo ich anfangen soll.« Er lächelte, aber es war ein ironisches, böses Lächeln. »Soll ich dir etwas verraten, Kleines? Diesen Leguan... ich will ihn nicht in erster Linie schnappen, ich persönlich bin eher daran interessiert, ihn zu verstehen.«

»Ich nicht. Ich will ihn schnappen. Und bitte, Vittorio... nenn mich nicht mehr Kleines. Das nervt.«

Vittorio klopfte sich mit der Antenne seines Handys auf die Lippen. Mit zusammengekniffenen Augen blickte er in die Sonne, die hinter den Arkaden verschwand. Er sagte nichts, ebenso wenig wie Grazia, die an anderes dachte. Sie dachte an Simone. An das, was sie für ihn empfunden hatte, als sie ihn an der Tür zur Mansarde in die Arme genommen hatte. An das Verlangen, ihn mit der Bomberjacke zu umfangen, damit niemand ihn berühren konnte. An dieses zarte Gefühl in ihrem Innern, dem sie noch keinen Namen gegeben hatte und dem sie vielleicht auch gar keinen Namen geben wollte, sie war nämlich nicht daran interessiert, die Dinge zu verstehen, sondern sie zu packen. Sie wusste nur, dass sie traurig war, wenn Simone traurig war, und glücklich, wenn auch er es war. Und jetzt, wo er nicht da war, konnte sie es nicht erwarten, bis sie wieder bei ihm war.

Vittorio schob die Antenne zusammen und steckte das Handy in die Tasche. Er sah auf die Uhr und schüttelte den Kopf.

»Ich bin spät dran«, sagte er. »Soll ich dich mitnehmen?«

»Danke, ich komme schon zurecht. Ich muss noch etwas erledigen.«

»Du Glückliche. Ich habe den Wagen nämlich in einem versteckten Sträßchen geparkt und habe keine Ahnung, wie ich ihn jemals wieder finden soll. Hör mal, Kleines... Grazia. Der Leguan ist jetzt nackt und muss wieder töten. Wenn er sich ausgezogen hat, dann weil er auf den Blinden wartet, also schließ dich in der Pension ein und pass auf, dass dir niemand folgt.«

Er kniff ihr in die Wange, sagte: »Ciao, Kleines«, und ging rasch fort.

Grazia sah ihm nach, bis er hinter einer Ecke verschwand, und zum letzten Mal suchte sie in ihrem Innern einen Hauch von jenem Kribbeln, das sie nicht mehr spürte. Dann zuckte sie die Achseln und betrat den Plattenladen.

Im Fernsehen sah er jünger aus.

Ist aber nicht wichtig.

Ich beobachte ihn, während er durch die Gassen geht und sich mitten auf die Straße stellt, um, zunehmend nervös, die Reihen der geparkten Autos abzusuchen. Schließlich findet er seinen Wagen am Ende einer Sackgasse, fast verdeckt von einem hölzernen Baugerüst. Ich habe gesehen, wie er ihn dort abgestellt hat, heute Morgen, als ich begann, ihm zu folgen. Auch nachdem die Frau gegangen und er wieder allein war, bin ich ihm gefolgt, denn sie will ich nicht, die Frau macht mir Angst.

Auch jetzt folge ich ihm.

Ich halte Abstand, damit er mich nicht bemerkt, halte mich hinter den Arkaden, quetsche mich hinter die Fallrohre, die verrostet und mit einer Kruste aus Taubendreck überzogen sind.

Aber jetzt gehe ich schneller, bis ich ihn erreicht habe, strecke den Arm aus und berühre seine Schulter.

Die Schlüssel fallen ihm aus der Hand.

»Was zum Teufel...«, sagt er, dann starrt er mich entgeistert an.

Das Erste, was er ansieht, ist der Kopfhörer über meinen Ohren, und als er ihn bemerkt, sehe ich, wie seine Augen sich ein bisschen verengen. Aber sie weiten sich gleich wieder, huschen verblüfft über meinen Körper.

Ich bin nackt.

Nackt, mit Handschellen an den Gelenken.

»Kommissar Poletto?«, frage ich. Hastiges Nicken. Er hebt die Hand zu den Schößen seines Regenmantels, zögert aber. Sein Blick gleitet rasch über die Straße, über die verrammelten Fenster der Häuser, über die verlassenen Arkaden, über den Regenmantel und die Schuhe, die ich fallen gelassen habe, und kehrt dann zu mir zurück. Einen Augenblick lang denke ich, dass er das Tier bemerkt hat, das sich unter meiner Schulter bewegt hat, obwohl ich es mit aller Kraft ruhig zu halten versuche. Doch er schaut nur auf meinen nackten und enthaarten Körper, betrachtet meinen kahl rasierten Schädel, betrachtet die kleinen Ringe, die in meinen Augenwinkeln funkeln, betrachtet den Kopfhörer und den Walkman, den ich mit Klebeband an der Hüfte befestigt habe. Die gehobene Hand kramt entschlossener unter dem Regenmantel.

»Ich habe dich im Fernsehen gesehen«, sage ich. »Ich will mich stellen. Ich bin der Leguan.«

Die Hand kommt unter dem Regenmantel hervor und richtet eine kleine schwarze Pistole auf mich. Er macht einen Schritt nach hinten und schaut sich um, als wüsste er nicht, was er tun soll. Offensichtlich hat er Angst. Um ihn zu beruhigen, hebe ich die gefesselten Hände.

»Halt!«, ruft er. »Keine Bewegung, oder ich schieße.«

Mit der Schuhspitze schiebt er den Schlüsselbund zu mir hin.

»Aufschließen«, sagt er, aber ich bin schon dabei, bücke mich, hebe mit den gefesselten Händen den Schlüsselbund auf und schließe die Tür auf. Dann klettere ich hinein, rutsche mit nacktem Hintern über das Leder der Rückbank. Auch er setzt sich nach hinten und verriegelt mit der Fernsteuerung im Schlüssel die Türen; aber er ist so nervös, dass er zu kräftig draufdrückt und es zwei-, dreimal versuchen muss. Als es geklappt hat, lehnt er sich mit dem Rücken gegen die Tür und kaut auf der Unterlippe. Die schwarze Pistole ist immer noch auf mich gerichtet. Er hält sie beidhändig, sie zittert ein bisschen.

»Ich will dir nichts tun«, sage ich zu ihm. »Ich habe mir die Handschellen absichtlich angelegt. Ich habe mich nackt ausgezogen, damit du siehst, dass ich keine Waffen habe.«

»Rühr dich nicht. Alles andere überlass mir. Wenn du dich bewegst oder näher kommst, erschieße ich dich.«

Ich rühre mich nicht. Das Tier streift langsam über den Bauch, so tief drinnen, dass man es fast nicht sieht. Das Nasenbein pocht unter der Haut, aber es schiebt sich nicht vor. Die Glocken sind ganz tief unten, unter der Musik aus dem Walkman, *dong, dong, dong*, sie gleiten über die Lippen, *dong, dong, dong*...

»Beantworte meine Fragen. Du hast mich in den Fernsehnachrichten gesehen?«

»Ja.«

»Welche?«

»Die um halb zwei.«

»Hast du Signora Martini getötet?«

»Ja.«

»Wie?«

»Ich habe sie getötet.«

»Wie?«

»Ich habe sie getötet. Warum fragst du mich das?«

»Weil ich in diesem Moment eine Scheißangst habe, aber nicht weiß, ob du der Leguan bist oder ein nackter Selbstbezichtiger in Handschellen. Darum.«

»Ich bin kein Selbstbezichtiger. Ich bin es. Ich bin der Leguan.«

Er sieht mich weiter an. Er kneift die Augen zusammen, beißt sich so fest auf die Unterlippe, dass ich einen kleinen, roten Fleck zwischen seinen Zähnen erkenne. Vielleicht hat er gesehen, dass meine Nase sich vor- und zurückbewegt, die Haut über den Jochbeinen in unzählige kleine Falten zieht wie ein Finger von einem Gummihandschuh. Das Tier nicht, das kann er nicht gesehen haben. Das habe ich im Mund, es sitzt still auf der Zunge. Ich höre, wie sein Herz schlägt, *dong, dong, dong*. Es schlägt wie die Glocken.

»Du hast einen Kopfhörer auf«, sagt er und deutet dabei kaum merklich mit dem Pistolenlauf auf meinen Kopf. »Warum?«

»Um das zu überdecken, was ich in mir höre. In meinem Kopf.«

»Und was hörst du?«

»Ich höre die Glocken.«

Jetzt kaut er nicht mehr auf der Unterlippe. Er reißt die Augen auf und flüstert: »O Gott!«, lässt sogar die Pistole sinken. Dann hebt er sie sofort wieder und quetscht sich noch mehr gegen die Tür. Er atmet heftig durch die zusammengepressten Zähne, aber er schaut mich jetzt anders an, immer noch erschrocken, aber intensiver, bestimmter. Neugieriger.

»Okay«, sagt er, »okay, in Ordnung… du bist der Leguan. Ich nehme dich jetzt mit… ich weiß zwar nicht wie, aber ich werde es tun, o Gott, bleib du nur ganz ruhig, o Gott, keine Bewegung, oder ich schieße…«

Plötzlich zuckt er zusammen und stöhnt, und ich sehe, wie sein Finger sich um den Abzug spannt, aber ich begreife nicht wieso. Etwas, das entfernt an ein Schnalzen erinnert und kaum durch die Musik in meinen Ohren dringt, lässt mich zu dem Walkman hinuntersehen. Das Band hat sich verheddert und die Stoptaste ausgelöst.

Die Musik füllt mir immer noch die Ohren und schürft die Trommelfelle ab, dann erst merke ich, dass sie aufgehört hat, und da bricht sie schlagartig ab.

Die Glocken.

Ich werfe den Kopf zurück und donnere gegen das Seitenfenster, bei jedem Glockenschlag, der in meinem Hirn explodiert, donnere ich dagegen, *dong, dong, dong,* immer lauter. Er schreit: »Keine Bewegung! Ich schieße! Keine Bewegung!«, aber ich kann nicht anders und donnere gegen das Fenster, die Glockenschläge brechen durch meine Stirn und stoßen meinen Kopf nach hinten, er donnert und donnert, bis ich höre, wie hinter mir das Glas zerspringt. Ich reiße den Kopfhörer von den Ohren, die Glocken läuten jetzt wahnsinnig laut, *dong, dong, dong,* und jetzt brülle auch ich, ich halte mir die Ohren mit den Ellbogen zu, weil meine Handgelenke doch gefesselt sind, und schreie: »Mama! Mama!«, und er brüllt: »Keine Bewegung, keine Bewegung! Verdammt, ich schieße!«, aber er schießt nicht, er richtet die Pistole auf mich, aber er schießt nicht, er hört mir zu.

Ich schreie: »Mama!« Ich presse mir die Ellbogen auf die Ohren und schreie: »Mama! Mama, ich höre die Glocken!«

»Welche Glocken?«, fragt er. »Wie sind die Glocken? O Gott! Selbsthypnose! O Gott! Red schon, wie sind die Glocken?«

Ich reiße die Augen auf. Die Lider kräuseln sich, rollen sich nach hinten auf, und die Augäpfel schwellen an, als wollten sie herausspritzen, getrieben von den Tränen, die die Wangen überfluten wie das Wasser aus einem geplatzten Aquarium. Die

Oberlippe drückt auf die Unterlippe und quetscht sie nach unten, auf das Kinn, mein Gesicht wird immer länger und reicht jetzt bis auf die Brust, und die Stimme kommt aus einem Loch, gepresst und schrill wie der Schrei eines Delfinbabys.

»Mama! Ich höre die Glocken! Mama! Mama!«

Ich werfe mich auf dem Sitz hin und her, schlinge die Arme um die Ohren und werfe mich auf dem Sitz hin und her, schlage gegen die Scheibe und gegen die lederne Rückenlehne. Ich zittere und schreie durch die zusammengepressten Zähne, aber das Läuten hört nicht auf, *dong, dong, dong*, es hört nicht auf, es hört nicht auf.

Aus der Ferne sticht seine Stimme in mein Hirn.

»Keine Bewegung! Keine Bewegung! Rühr dich nicht, und sag mir, wo du bist! Wer bist du jetzt? Wer bist du?«

Ich schreie. Mein Mund öffnet sich, er verschlingt fast das ganze Gesicht und quetscht die Augen gegen die Stirn. Meine Stimme klingt geschwollen und düster, sie hallt in der Kehle wie auf dem Grund einer schwarzen Höhle.

»Bei dem Jungen krieg ich eine Gänsehaut, Agata! Der ist nicht normal! Ich will ihn nicht im Haus haben! Er oder ich! Er oder ich! Er oder ich!«

»Mamaaa!«

Mein Mund klappt zu, die Lippen krümmen sich nach außen, und meine Stimme zieht sich zu einem so spitzen Schrei zusammen, dass die Wagenfenster in einer Kaskade weißer Splitter zerspringen.

»Warum?«, fragt er, fern, sehr fern. »Warum wollen sie Alessio nicht? Rühr dich nicht, komm nicht näher, oder ich schieße! Wer will Alessio nicht? Warum?«

»Der Mann schreit meine Mama an. Ich liege in meinem Zimmer im Bett, aber von dort aus kann man trotzdem alles hören. Der Mann schreit meine Mama an. Er sagt, *dieser Junge raubt einem den letzten Nerv, Agata! Dauernd muss ich mir anhören: leise, sonst hört er uns, leise, sonst hört er uns! Du musst dich von ihm freimachen, Agata, entweder er oder ich! Er sagt, weißt du noch, neulich Nacht? Weißt du noch, als wir gerade gebumst haben und plötzlich die Schlafzimmertür aufgeht und dieser Junge in Unterhose und Unterhemd reinkommt und* MAMA, MAMA! ICH HÖRE DIE GLOCKEN *schreit? Bei dem Jungen krieg ich eine Gänsehaut, Agata! Er macht mir Angst! Dieses winzige Kind mit den Händen auf den Ohren, das weint und wie wahnsinnig* MAMAAAAA *kreischt!«*

Ich schreie, aber meine Stimme geht in den Glockenschlägen unter, die das Auto zermalmen und die Karosserie verbiegen, bis das Wagendach uns zerquetscht. Ich will hier weg, ich will hier raus, aber er brüllt: »Beweg dich nicht, verdammt noch mal!«, und da hebe ich die Arme und schlage ihm die Pistole aus der Hand.

Plötzlich platzt meine Haut, zieht sich wie Gummi über den Knochen zurück, die Nase schiebt sich schlagartig vor und zerrt das übrige Gesicht hinter sich her. Ich mache einen Satz nach vorn, und bevor er sich rühren kann, pickt mein Schnabel in sein Auge.

Hinterher wird mir klar, dass ich einen Fehler gemacht habe.

Ich wollte mich ihm nur stellen, damit er mich zu dem Blinden führt, der in mich hineinschauen kann.

Aber jetzt ist es zu spät.

Ich krame in seiner Tasche. Ich suche nach einer Visitenkarte, einem Zettel, einer Adresse auf einem Briefumschlag, einem Notizblock. Ich durchwühle seine Kleider und finde ein Handy. Als ich es aus der Tasche ziehe, berühre ich aus Versehen eine Taste, irgendeine, und das Telefon schaltet sich ein, grünes Licht zuckt durch den roten Innenraum des Wagens.

Von allein wählt es die zuletzt eingegebene Nummer.

Eine Stimme antwortet. Ich lausche und lege auf.

Dann gleite ich nach vorn, auf den Fahrersitz, und schalte das Licht ein, weil es mittlerweile dunkel geworden ist, aber ich sehe trotzdem nichts. Also trockne ich meine Hände an den Beinen ab und schalte die Scheibenwischer ein, um den dichten, roten Nebel von der Windschutzscheibe zu wischen.

Aber der rote Nebel ist nicht draußen.

Er ist hier drin.

»Pensione Fiore, San Lazzaro ... Sie wünschen. Sie wünschen? Hallo? Hallo? Hallo? Hm ... hat aufgelegt.«

Summertime.

Es hallt in meinem Kopf, sobald Grazia das Nebenzimmer betritt, aber ich weiß nicht, ob es daher kommt, dass ich ihre Schritte durch die offene Tür gehört habe oder weil ich ihren Geruch so sehr vermisse, dass er den der Spaghetti mit Fleischsauce überlagert, die unberührt neben mir stehen.

Ich höre sie sprechen.

»Schärf es dem Mann an der Rezeption noch mal ein. Hier kommt nur hoch, wer die Erlaubnis dazu hat. Und schnapp dir in jedem Fall den Hörer und ruf im Zimmer an, um Bescheid zu sagen. Okay?«

Ich höre, wie Hundert Lire grunzt. Ich höre, wie er zur Tür des anderen Zimmers geht, und ich höre, wie die Tür sich schließt. Ich höre Grazia seufzen. Ich höre die Bettfedern leise quietschen, als hätte sie sich auf die Bettkante gesetzt, und ich höre die Stiefelschnallen klirren. Ich höre die Schnürsenkel, die auf das Leder peitschen, sich aus den Löchern fädeln, und ich höre den dumpfen Schlag eines fortgeschleuderten Schuhs.

Grazia zog auch den anderen Stiefel aus, dann bog sie den Rücken durch und löste über dem Stoff des T-Shirts den Haken des Büstenhalters. Sie wollte gerade die Träger abstreifen und durch die Ärmel ziehen, als ihr Blick durch die Verbindungstür zwischen den beiden Einzelzimmern auf Simone fiel. Sie lächelte und überlegte, dass es zu den unbestreitbaren Vorteilen des Beisammenseins mit einem Blinden gehört, dass man sich frei und ungezwungen ausziehen kann; also packte sie das T-Shirt am Kragen und zog es über den Kopf. Dann streifte sie den Büstenhalter ab, und wo sie schon mal dabei war, ließ sie auch die Jeans herunterrutschen. Einen Augenblick lang überlegte sie, ob sie auch die Strumpfhose ausziehen sollte, behielt sie dann aber an, las das T-Shirt vom Boden auf und zog es über, links herum, wie es war. Sie trat vor den Spiegel über der Kommode, drehte den Kopf hin und her und fuhr sich mit den Fingern durch das Haar, um es zu ordnen. Da fiel ihr Simone wieder ein, Simone, der sie weder in Unterwäsche noch ungekämmt sehen konnte, aber sie schämte sich dennoch und versuchte trotzdem, sich schön zu machen. Sie verharrte eine Weile mit zusammengepressten Lippen und gerunzelter Stirn, dann schloss sie die Augen und lächelte.

Ich höre Grazia kommen. Ich höre das azurblaue Streichen ihrer Strümpfe auf dem Teppichboden. Ihr Geruch ist nah, Geruch von Öl, Nylon, Baumwolle, kräftiger von Haut und *Summertime*.

Sie setzt sich auf die Armlehne meines Stuhls, und ihre frische, strumpfraue Haut streift die Fingerknöchel meiner Hand, die darauf liegt. Hastig ziehe ich sie zurück.

Sie sagt: »Du hast nichts gegessen.«
»Nein.«
»Hast du keinen Hunger?«
»Nein.«
»Ich habe eine Überraschung für dich. Willst du sie hören?«
»Nein.«

Sie steht auf und stellt etwas auf den Tisch. Rasch zerreißt sie dünnes Zellophan wie bei den Zigarettenschachteln meiner Mutter. Meine Mutter. Ich möchte an sie denken, aber es gelingt mir noch nicht, den ganzen Tag schon vermeide ich es. Außerdem ist da noch ein Geräusch, das mich ablenkt. Ich kenne es, es ist die Klappe eines Kassettenrekorders, die sich mit einem Klicken schließt.

Das Klavier. Der erste einzelne Akkord, und unmittelbar darauf das verhaltene Aufseufzen der Schlagzeugbesen. Nur eine Drehung, ganz kurz, die Noten des Klaviers sind wie Wassertropfen, dann diese andere Stimme, sie ist heller, aber langsam, und sie singt *Almost Blue*. Es hat mir gefehlt. Gott, wie hat es mir gefehlt. Sie auch, Grazia auch, alle beide. Aber ich habe Angst. Meine Mutter ist tot, und dieses *Almost Blue* ist nicht das, das ich kenne.

»Die Version von Chet Baker, die du mir vorgespielt hast, hatten sie nicht da«, sagt Grazia. »Es gab sie als CD, aber ich habe nur einen Kassettenrekorder. Das ist die Version von Elvis Costello. Im Beiheft steht übrigens, dass er *Almost Blue* geschrieben hat. Wusstest du das?«

»Nein. Ich lese keine Beihefte. Ich lausche und Schluss.«

Grazia sagt: »Macht's dir was aus, wenn ich rede?«

»Ja.«

»Macht's dir was aus, wenn ich bei dir bleibe?«

»Ja.«

»Warum?«

»Weil ich allein sein und meine Ruhe haben will.«

»Na, dann bleib doch allein und hab deine Ruhe.«

Grazia machte einen Schritt vorwärts, streckte den Arm aus und schaltete den Rekorder ab. Dann ging sie zur Tür, lehnte sich gegen den Rahmen, verschränkte die Arme vor der Brust und betrachtete ihn, reglos und still.

Auch Simone verhielt sich reglos und still. In sich zusammengesunken saß er auf seinem Stuhl, eine Hand auf der Armlehne und die andere im Schoß, zur Faust geballt. Das Kinn auf die Brust gelegt und den Mund zusammengepresst, die untere Lippe über die obere zu einer kindlichen Grimasse geschoben. Ein Auge war ein wenig geöffnet und gab ihm dieses asymmetrische, verzerrte Aussehen.

Reglos und still, alle beide.

Grazia reglos, als ob sie nicht mehr existierte, still, als hätte sie nie existiert, fern, jenseits des Geruchs der Spaghetti mit Fleischsauce. Sie betrachtete Simone. Sie betrachtete Simone, weiter nichts, und betrachtete ihn auch noch, als er den Kopf hob, als ob er diese so leere Stille schnuppern wollte, die nicht einmal von *Almost Blue* gefüllt wurde, und sie betrachtete ihn auch, als er »Grazia?« sagte, leise beim ersten Mal, fast nicht zu hören, »Grazia?«, lauter beim zweiten Mal, mit einem Anflug von Sorge, »Grazia, wo bist du?«, noch lauter und fast erschrocken, und da ließ sie die Arme sinken und stieß sich mit einem Ruck vom Türrahmen ab.

Plötzlich spüre ich sie ganz nah. Ich spüre ihren Geruch und die Wärme ihrer Haut vor dem Gesicht, und dann spüre ich ihre Lippen auf meinen. Ich weiche mit dem Kopf zurück, aber ihre Hände fahren um meinen Hals und drücken mich an sich.

Ich zittere. Ich möchte nicht, aber ich zittere, während ihre Lippen sich weich auf meinen bewegen, ich zittere, als ihre Finger am Kragen meines Hemdes entlangfahren, als sie sich quer auf meine Beine setzt, als sie meine Hand nimmt und unter ihr T-Shirt geleitet und ich die warme, glatte Haut an ihren Hüften spüre.

Dann zieht sie das T-Shirt aus, und *Summertime* überflutet mich, so gewaltsam, dass ich nichts mehr wahrnehme, nur ihren Atem und das Surren ihrer Strümpfe, die zu Boden gleiten, während sie sich rasch auf mich setzt. Meine Hände liegen unbeweglich auf ihren Hüften, aber sie nimmt meine Handgelenke und schiebt sie höher, zwischen den Fingern spüre ich die rosa Rundung ihrer Brüste und die azurblauen Spitzen ihrer Brustwarzen, und ich höre, wie sie durch die Lippen flüstert: »Drück zu.« Sie stöhnt auf und beugt sich über mich, ich spüre, wie sie mich umfängt, spüre ihren Geruch und ihre Wärme, den herben, intensiven Geruch der Schultern und der Brüste, die sich an mich pressen, den feuchten Druck ihres Mundes und der Zunge, die heiß durch meine Lippen gleitet, bin wie elektrisiert, als sie meine berührt. Rasch schnallt sie meinen Gürtel auf, zieht die Hose herunter, ich spüre, wie ihre Schenkel meine Beine umklammern, und ich spüre die feuchte Glut, als sie sich einen Moment lang nach hinten beugt und aufstützt, um meine Hose abzustreifen.

»Es ist das erste Mal«, flüstere ich und spüre, dass sie lächelt, ganz nah.

»Für mich nicht«, sagt sie. »Aber fast.«

Mein Rücken krümmt sich, als sie mich berührt, ich ziehe mich in einem Krampf zusammen, als sie mich nimmt, und ich stöhne mit ihr, als ich sie auf mir spüre und um mich herum, feucht, weich und heiß, sie stöhnt und drückt mich, ich kralle meine Hände in ihre verschwitzte Haut, und immer noch zitternd, glaube ich, stoße und drücke auch ich.

Als ich ihr schnelles Keuchen auf dem Mund spüre, öffne ich die Lippen und suche ihre Zunge.

»Zitterst du jetzt nicht mehr?«

»Nein.«

Sie lagen auf dem Fußboden. Grazia hatte nach Simones Hemd gegriffen und: »Ein Klassiker« geflüstert, während sie es überstreifte. Simone war nackt auf dem Rücken liegen geblieben, den Kopf auf dem Teppichboden nach hinten gebeugt, die Arme ausgestreckt wie ein Kreuz. Grazia hatte gesagt: »Ich kann dich so nicht sehen«, hatte ihm einen Arm unter den Nacken geschoben und sich auf ihn gelegt, ein Bein quer über seine. Dann hatte sie seine Hand genommen und sich aufs Gesicht gelegt.

»Willst du nicht wissen, wie ich aussehe?«, fragte sie.

»Nein. Ist mir egal.«

»Angeblich bin ich verdammt hübsch, und ich habe ein kleines Muttermal auf der Lippe, das sehr sinnlich sein soll. Fass es an.«

Sie nahm seinen Finger und fuhr sich damit über den Mund, über das Muttermal und dann weiter unten, über die Lippen, die sich über der Fingerspitze zu einem Kuss schlossen.

»Normalerweise fasse ich die Leute nicht gern an...«, sagte Simone.

»Mich auch nicht?«

»Nein... dich schon. Es ist nur, hör zu, Grazia... frag mich nicht nach Dingen, die ich nicht verstehe. Gesichtszüge, Körperformen, Augen- und Haarfarbe... davon weiß ich nichts, ich kann das nicht sehen, es bedeutet mir nichts. Ich habe meine eigenen Farben und meine eigenen Formen. Wenn ich dich nur mit den Fingern berühren würde, würde ich dich in Einzelteilen wahrnehmen, und das will ich nicht, auch wenn mir bestimmte Einzelheiten sehr gefallen.«

Seine Hand fuhr über Grazias Schulter, den Rücken hinunter, über dem Stoff des Hemdes, weiter über die kühle Kurve ihres Hinterns und hinein in die noch heiße Höhlung zwischen ihren Beinen. Grazia stöhnte kurz auf, die Unterlippe zwischen den Zähnen.

»Für mich bist du alles zusammen. Du bist ein Geruch. Ein Klang. Du bist du.«

»Und welcher Geruch bin ich?«

»Schmierfett, Schweiß, frische Baumwolle und *Summertime*.«

»Hört sich nicht besonders toll an.«

»Aber es ist schön... mir gefällt's. Aber du willst ja wissen, wie ich mir dich vorstelle. Also gut, ich sag es dir, denn ich weiß, wie du aussiehst. Du hast so durchsichtige Haut, dass meine Finger hindurchdringen, und blaues Haar.«

Grazia blieb still. Eine Weile fuhr sie mit der Fußsohle über

Simones Bein, dann zuckte sie die Achseln und gab ihm einen schnellen Kuss auf die Wange.

»Ich weiß nicht, was das bedeutet, aber es klingt gut. Ich gehe duschen.«

»Kommissar Poletto. Sagen Sie, wo ist die Signorina mit dem Blinden noch mal? Danke... Oh, das ist doch ein Cutter, nicht wahr? Darf ich Sie um einen Gefallen bitten? Würden Sie ihn mir bitte ausleihen?«

Grazia schob die Tür der Duschzelle beiseite und kam hinter dem Glas zum Vorschein. Sie schloss die Augen, damit kein Shampoo hineinlief, lehnte sich so weit wie möglich hinaus und spitzte die Ohren.

»Hast du nach mir gerufen?«, fragte sie.

Sie hatte die Türen zum Bad und zu dem anderen Zimmer offen gelassen, aber der Duschstrahl prasselte so laut und heftig gegen das Milchglas, dass sie kaum ihre eigene Stimme hörte. Es war ihr vorgekommen, als hätte sie ein Geräusch gehört, einen Misston in dem heißen Wasserfall, der über ihren Körper lief, und im ersten Augenblick hatte sie gedacht, es sei das Telefon. Auf Zehenspitzen schlüpfte sie aus der Zelle, um nicht auszurutschen, hielt sie sich am Waschbecken fest. Dann nahm sie die Pistole, die sie auf das Bidet gelegt hatte, und ging, die brennenden Augen zusammengekniffen, zur Tür.

Simone war in seinem Zimmer, nackt saß er im Sessel, und den Bewegungen seines Kopfes nach schien er einer Musik zu lauschen, die sie dort hinten nicht hören konnte.

Sie kehrte unter die Dusche zurück, aber bevor sie die Schiebetür schloss, nahm sie einen der Plastikbeutel mit dem Namen des Hotels und der Aufschrift »Bitte keine Binden in das WC werfen«, steckte die Pistole hinein und legte sie neben Shampoo und Badeschaum auf die Metallablage. Sie warf den Kopf zurück, ließ sich das heiße Wasser über das Gesicht prasseln, dass es ihr den Atem nahm und in Nase, Ohren und sogar in den geöffneten Mund lief. Dann blähte sie die Wangen und spuckte das Wasser gegen das Kästchenmuster auf dem Milchglas, wie sie es schon immer getan hatte, wenn sie unter der Dusche stand, schon als kleines Mädchen. Sie nahm das Duschgel und spritzte sich einen grünen Kringel auf die Handfläche. Als sie sich mit dem Kiefernschaum Bauch und Schenkel einseifte, musste sie unwillkürlich lächeln, dann kam ihr Vittorio in den Sinn.

Was er wohl sagen würde? Wie sollte sie es ihm sagen? Und wann?

Hinter der Glastür bewegte sich etwas. Ein heller, vertrauter Schatten mit den Umrissen eines Regenmantels mit hochgeschlagenem Kragen. Instinktiv legte Grazia die Hand auf die Plastiktüte mit der Pistole, während sie mit der anderen die Tür beiseite schob.

»Vittorio!«, rief sie und seufzte kurz auf. Dann bewegte sich der Schatten und versetzte ihr einen so heftigen Schlag gegen den Kopf, dass sie fast aus der Dusche geschleudert wurde.

Ich habe sie erwischt.

Ich sehe zu, wie sie auf die Hände fällt. Sie klammert sich an den Wannenrand und versucht aufzustehen, aber ihre Beine rutschen weg.

Ich gebe ihr einen Tritt in die Seite, sie reißt den Mund auf und stöhnt, dann knie ich mich hin, nehme den Beutel, der ihr aus der Hand gefallen ist, prüfe, ob er schwer genug ist, und schlage ihr damit auf den Kopf.

In aller Ruhe ziehe ich mich nackt aus.

Ich lege meine Kleider ab und stelle mich ebenfalls unter die Dusche.

Ich lasse das Wasser über meinen kahl rasierten Kopf und den Kopfhörer laufen, es rinnt über meinen enthaarten Körper bis zu dem Walkman, der zischend und stotternd zwischen meinen Beinen baumelt.

Gitarren und Stimmen leiern, schlängeln sich blitzschnell in meinen Ohren wie die Zunge eines Reptils, ein elektrischer Regenschauer, ein hysterischer Donner, der immer näher rollt, ein Blitz, der den Himmel durchzuckt wie ein greller Schrei.

I want take no prisoners, no spare no lives ... nobody's putting up a fight ... Ich werde keine Gefangenen machen, ich werde kein

Leben schonen, Widerstand ist zwecklos... *I got my bell, I'm gonna take you to hell... I'm gonna get you, Satan get you...* ich habe meine Glocke, ich nehme dich jetzt mit in die Hölle, ich komme jetzt und hole dich, Satan kommt dich holen...

Dann bricht *Hell's Bell* ab, der Walkman schweigt, in mir bleiben nur die Glocken der Hölle.

Ich steige aus der Dusche und betrachte mich im Spiegel.

Das Tier rast unter der Haut und verzerrt mein Gesicht. Die Augen werden leer, zwei schwarze Höhlen. Die Lippen spannen sich über den Zähnen zu einem düsteren Knurren.

Hinter mir bewegt sich die Frau und berührt meinen Knöchel.

Ich drehe mich um, nehme den schweren Beutel, knie mich wieder hin und erledige sie.

Das ist nicht Grazias Schritt. Diese nackten Fersen, die über den Boden stapfen, die Haut, die an den Fliesen kleben bleibt, diese Zehen, die über den Teppichboden streifen, sind nicht ihre.

Das ist nicht Grazia.

Jemand steht vor mir. Jemand, der nicht spricht, doch er riecht und atmet. Ich habe Angst.

Da sind Tropfen, die langsam auf den Teppichboden fallen. Ich habe Angst.

Dann die Stimme.

Grün.

»Ciao. Erinnerst du dich an mich?«

Er schaut mich an, aber er sieht mich nicht.

Er schaut durch mich hindurch, er schaut in mich hinein, aber er sieht nichts.

Ich reiße den Mund auf, strecke die Zunge heraus und zeige ihm das Tier, es plustert sich auf und zischelt ihn an, aber er sieht es nicht.

Ich gehe zu ihm hin, lege den Kopf an seinen, lege meine Ohren an seine Ohren, damit er die Glocken hört, aber er hört nicht.
Ich will auch so sein.
Ich will wie du sein.
Ich will du sein.

Er sagt: »Schau, siehst du es?«, und ich höre, dass er den Mund vor mir aufreißt, vor Anstrengung muss er husten.
Er sagt: »Hörst du? Hörst du die Glocken?«, und drückt mein Gesicht gegen seines, gräbt seine Finger in meine Wange und presst sein kaltes, nasses Ohr gegen meines.
Ich höre ein Knacken, es knackt mehrmals, als würde etwas aus einer gezahnten Hülle geschoben.
Er sagt: »Ich will auch so sein.«
Er sagt: »Ich will wie du sein.«
Er sagt: »Ich will du sein.«
Ich rieche den Geruch von Metall nahe an meinem Mund.
Ich habe Angst.

Was ist das, diese kalte, nackte Frau, die mich angesprungen hat? Von wo ist sie gekommen? Ich hielt sie für tot, stattdessen hat sie sich an meine Hüfte geklammert und mich zu Boden gerissen. Ich dachte, ich hätte sie getötet, stattdessen umklammert sie mich, dreht mich auf den Rücken, knurrt wie ein Tier und packt mich an der Gurgel. Ich dachte, sie wäre nicht mehr da, stattdessen schlingt sie die Beine um meine, hält mich mit ihrem Gewicht am Boden und drückt mir den Hals zu.
Ich ersticke. Ich bekomme keine Luft. Ich spüre, wie ihre Daumen unter meinem Kinn zudrücken, spüre die zugeschnürte Kehle, ich bekomme keine Luft. Ich packe ihre Handgelenke, kratze über ihren Rücken und ihre Schultern, stoße ihr blutver-

schmiertes Gesicht zurück, reiße an ihren klatschnassen Haaren, aber sie lässt nicht locker, sie klemmt meine Beine ein, hält mit den Füßen meine Knöchel fest, quetscht ihre Stirn gegen meine, schnürt mir den Hals zu, und ich bekomme keine Luft.

Ich öffne den Mund. Meine Zunge fährt von ganz allein durch die Lippen. Wenn ich ihr nur das Tier in mir zeigen könnte, würde sie vielleicht von mir ablassen, aber ihre Fingernägel stecken in meiner Haut wie Haken, ihre Finger schnüren meinen Hals zu, und das Tier ist unten geblieben und kommt nicht vorbei. Ich möchte sie schlagen, ich möchte den Schnabel ausfahren und sie töten, aber ihre verschwitzte Stirn drückt gegen meine, und ich schaffe es nicht. Ich spüre ihren heißen Atem auf dem Mund, ich spüre, dass sie heftig atmet, also drücke ich die Zunge noch weiter heraus und versuche auch, Luft einzusaugen, aber ich kann nicht, denn sie drückt immer weiter, und ich bekomme keine Luft, ich bekomme keine Luft, ich bekomme keine Luft.

Mit aller Kraft drückte Grazia immer weiter zu, obwohl ihre Finger schmerzten, obwohl sie alles doppelt sah und den Kopf nicht mehr hochhalten konnte, trotz des rot gestreiften Schleiers vor dem Auge. Sie keuchte vor Anstrengung, versteifte Arme und Beine, damit der Leguan unter ihr sich nicht rührte, und drückte auch dann noch zu, als sie spürte, wie die Hand, die ihren Rücken zerkratzte, von ihren Schultern glitt und kraftlos auf dem Fußboden aufschlug, während die andere unbeweglich auf ihrer Wange liegen blieb, die Finger in ihrem Haar verheddert. Sie wusste, sie war der Ohnmacht nahe, also konzentrierte sie sich auf dieses erstickte Stöhnen in ihrem Ohr, drückte zu, um es zu zerstören, drückte immer weiter zu, bis die Kraft aus ihren Armen wich und die Finger sich lösten, bis der rot-weiße Schleier so dicht wurde, dass ihr zerschlagener Kopf sich mit undurchdringlichem, feuchtem Nebel füllte. Sie verlor das Bewusstsein, die Hände schlossen sich noch immer um diese Kehle, aber sie hatten nicht mehr die Kraft zuzudrücken, ihr Kopf rutschte von der Stirn des Leguans und glitt, aufgehalten von des anderen regloser Umarmung, langsam und fast sanft auf den Fußboden.

Ich habe einen kalten, nassen Knall neben mir gehört, das dumpfe Trommeln von Schritten vor mir, und dann das raue Schleifen nackter Körper auf dem Teppichboden. Lärm kämpfender Körper. Geruch kämpfender Körper. Ich habe gehört, wie Grazia mit den Zähnen knirschte, knurrte und keuchte, wie vorhin, als wir miteinander geschlafen haben, und ich habe ein langes Stöhnen aus offenem Mund gehört, ein bis zum letzten herausgepresstes Röcheln. Dann höre ich nichts mehr. Stille. Vollkommene Stille, die mich erstarren lässt, als ich kniend über den Teppichboden taste und immer wieder frage: »Grazia? Grazia, wo bist du?«

Dann dieses Würgen, dieses kurze, heisere, aus der Kehle gespuckte Röcheln. Das Knurren eines Tiers.

Eines noch lebendigen Tiers.

Ich stoße die Frau zur Seite, ich schaffe sie mir vom Leib, ziehe den Arm zurück und schüttele die Hand, um sie aus ihren Haaren zu entwirren.

Sie hat mich fast umgebracht, aber sie ist vorher ohnmächtig geworden, und jetzt hätte ich die Gelegenheit dazu, aber es ist unwichtig, weil jetzt alles ganz schnell geht.

Der Blinde, der in mich hineinschaut, kniet auf dem Boden, die ausgestreckten Hände kratzen durch die Luft. Als er hört, dass ich aufstehe, dass ich mich auf den Bauch drehe und genau vor ihm aufrichte, verharrt er reglos.

Ich hebe den Cutter auf, der mir bei dem Überfall der Frau aus der Hand gefallen ist, gehe wortlos um den Blinden herum und bleibe hinter ihm stehen.

Er erstarrt, als ich ihn an den Haaren packe und seinen Kopf hochziehe, als ich ihn mit den Beinen zwinge, den Rücken gerade zu machen, und seinen Nacken zwischen die Schenkel klemme, damit er still hält.

Die Glocken schlagen jetzt wie noch nie zuvor. Sie hämmern in mir, meine Trommelfelle pochen, meine Augen quellen aus den Höhlen, und das Totengeläut lässt meinen Kopf auf dem Hals hin und her schlagen.

Das Tier rast wie wild unter der Gesichtshaut. Es entstellt mein Gesicht, Lippen und Stirn schwellen an, der Kiefer verrenkt sich so sehr, dass ich fast nicht mehr sprechen kann.

Ich sage: »Ich will auch so sein«, während ich ihm über die Haare streiche und ihn mit den Beinen fest halte.

Ich sage: »Ich will auch so sein wie du«, während ich mit einer Hand sein Kinn packe, damit er mir nicht plötzlich entwischt.

Ich sage: »Ich will auch du sein.«

Dann setze ich den Cutter an meine Augen, kneife die Lider über der Klinge zusammen und stoße zu.

Himmel, dieser Schrei! Nie werde ich diesen Schrei über mir vergessen, der nicht der Schrei eines Menschen zu sein scheint – es ist ein grüner Schrei, so grün es nur geht, der über die Decke kratzt und wie wahnsinnig zwischen den Wänden hallt und das ganze Zimmer ausfüllt, er lässt nicht nach, und die Finger schließen sich immer noch um mein Kinn, die Beine pressen immer noch gegen meinen Nacken, während von oben Tropfen heiß und hart auf mein Gesicht fallen, er gellt immer weiter, platzt in der Kehle, kreischend, als würde er an den Zähnen entlangschrappen, immer weiter, immer weiter, als sollte er nie mehr aufhören.

Himmel, dieser Schrei!

Unter meinen Sohlen das Kratzen von frisch geschnittenem Gras, spitz und hart.

Grün.

Über meinem Kopf der frische, offene Geruch des Sommerhimmels.

Blau.

In meiner Hand ein Apfel, glatt, rund und groß.

Rot.

Ich strecke den Arm aus und taste, bis ich unter den Fingern die kalte Rückenlehne der Bank spüre. Mit der Hand fahre ich über die abgeblätterte Farbe, und mit dem Bein suche ich die Sitzfläche, folge der Kante, bis ich die Ecke gefunden habe und die richtige Entfernung berechnen kann, um mich zu setzen. Langsam lasse ich mich nieder, erst mit einer Handfläche und dann mit dem übrigen Körper, aber als ich die Metallleisten berühre, fällt mir der Apfel herunter, und da verharre ich reglos, ohne zu atmen, die Ohren gespitzt, um, noch bevor er den Boden berührt, zu hören, wohin er fallen wird.

Ich höre ihn, links von mir auf dem Gras. Er rollt auf mich zu. Ich bücke mich, strecke den Arm aus und erwische ihn beim ersten Versuch. Aber dann richte ich mich gleich wieder auf und gehe weg, mit der Fußspitze über das Gras tastend, weil ich Stimmen gehört habe, die sich nähern.

Ich will mit keinem reden, ich will keinem zuhören. Vor allem nicht dieser Polizistin, die mich so bald wie möglich sehen möchte.

Ich will allein sein.

Später werde ich hoch ins Zimmer gehen und ein bisschen Musik hören.

Jazz.

Bebop.

Chet Baker.

Ich habe eine CD geschenkt bekommen, aber ich hätte lieber eine Schallplatte gehabt, weil man bei Platten die Rillen unter den Fingern spürt und das Stück erraten kann, während CDs zu glatt sind und man nichts spürt. Der CD-Player hilft einem auch nicht weiter, weil die Knöpfe nicht hervorgehoben sind und zu viele kombinierte Funktionen haben, die ich einfach nicht wieder finde oder vergessen habe. Ich habe mir kleine Dreiecke aus Klebeband zuschneiden lassen und die Tasten markiert, aber irgendwann gehen sie immer ab.

Es gibt da dieses Lied, das ich gerne hören würde, aber ich weiß nie, wo es ist, und meistens muss ich erst alle anderen Stücke hören, bis es endlich kommt.

Almost Blue.

Blau.

Manchmal, wenn ich es anhöre, schlafe ich auf dem Stuhl vor dem Fenster ein. Wenn die Sonne scheint, ist es dann, als würden sich Millionen kleiner Angelhaken von außen in meinem Gesicht festhaken und daran ziehen, denn ich habe sehr helle Haut, sagen die anderen, sie ist sehr empfindlich und verbrennt sofort.

Manchmal, wenn ich ins Bett gehe, kommt mir die Dunkelheit dunkler vor als sonst, denn ab und zu brennt die Notlampe durch, und die winzige Veränderung in der Helligkeit, diesen minimalen Widerschein kann ich noch wahrnehmen. Aber das passiert selten, weil man hier in der geschlossenen Abteilung die Notlampe nicht ausmachen darf, nie.

Manchmal rast ein Schauder unter der Haut. Aber der Arzt sagt, es sei nichts, nur leichtes Fieber, es kommt von dem Sinofenin, das sie mir geben. 50 ml alle vierzehn Tage.

Aber die Glocken, die Glocken der Hölle in meinem Kopf... ja, die höre ich nicht mehr.

Mit einem kurzen Seufzen, das nach Staub roch, fiel die Schallplatte auf den Teller. Der Tonarm löste sich leise knackend aus der Halterung, es klang wie ein Schnalzen mit der Zunge, aber trocken, nicht feucht. Eine Zunge aus Plastik. Leise rauschend fuhr die Nadel durch die Rille, ein-, zweimal hat es geknistert. Dann setzte das Klavier ein, der Kontrabass und danach die verschleierte Stimme von Chet Baker, die *Almost Blue* sang.

Simone hörte sie, als sie noch unten an der Treppe stand, sie bewegte sich zwar leise, aber es waren doch erst zwei Tage, seit sie aus dem Krankenhaus entlassen worden war, und damit ihr nicht schwindelig wurde, musste sie sich am knarrenden Treppengeländer festhalten.

Sobald er sie hörte, schaltete er mit einem zielstrebigen Ruck des Daumens den Scanner aus und machte auch Chet Baker leiser, aber nur ein klein wenig. Er stellte die Füße auf den Boden, drehte sich auf dem Stuhl zur geschlossenen Tür hin und nahm sie ins Visier, als ob er sie sehen könnte, er zielte nur ein klein bisschen zu weit nach links.

Als er sie nicht mehr hörte, lächelte er, denn er wusste, dass Grazia ihn wie immer hinters Licht zu führen versuchte und sich auf der halben Höhe der Treppe hingesetzt hatte, um die Schuhe auszuziehen. Aber die Schnürsenkel ihrer Stiefel verrieten sie, das Knarren der Stufe, auf die sie sich gesetzt hatte, verriet sie. Das Knacken des Knies verriet sie, als sie aufstand und, auf Zehenspitzen und mit angehaltenem Atem, weiterging.

Er stellte sich schon auf das Knirschen der Türklinke ein, so leise wie ein Flüstern.

In wenigen Augenblicken würde Grazia die Mansarde betreten, mit ihrem Geruch von Fett, Schweiß, frischer Baumwolle und *Summertime*. Mit dieser Musik, die sie immer begleitete und die auch jetzt wieder leise in seinem Kopf hallte.

Auch wenn er Grazia nicht sehen konnte – er wusste, wie sie aussah. Sie hatte so durchscheinende Haut, dass seine Finger hindurchdrangen, und ihr Haar war blau.